COLLECTION FOLIO

Jonathan Swift

Modeste proposition

et autres textes

Traduit de l'anglais
par Émile Pons

Gallimard

Ces textes sont extraits d'*Œuvres*
(Bibliothèque de la Pléiade)

Jonathan Swift (1667-1745) est un écrivain irlandais né à Dublin. Orphelin de père, il est d'abord élevé par ses oncles jusqu'à la fin de ses études à Trinity College. En 1688, il quitte l'Irlande pour l'Angleterre, où habite sa mère, et entre comme secrétaire au service de sir William Temple, membre du Parlement, tout en poursuivant des études de théologie. Sir William meurt en 1699, Swift revient en Irlande en 1700 et mène alors une carrière publique de vicaire, d'écrivain, d'homme politique. Il publie ainsi en 1711 un pamphlet en faveur de la paix diffusé par le gouvernement anglais, *La Conduite des alliés et du précédent ministère*. Cette publication a lieu alors que la Guerre de Succession d'Espagne, impliquant plusieurs États européens, parmi lesquels l'Angleterre, fait rage depuis dix ans. Dans son *Histoire des quatre dernières années du règne de la Reine Anne* (1713), il fait œuvre d'historien, traitant des négociations de la paix d'Utrecht, qui mettent fin à cette guerre. Même lorsqu'il se rapproche des cercles du pouvoir, Swift demeure un esprit indépendant. *Le Conte du Tonneau* et *La Bataille des Livres*, parus ensemble en 1704, constituent une satire des hommes politiques de son époque. Dans ses célèbres récits fantastiques, les *Voyages de Gulliver*, qui paraissent en 1726, il se livrera à une critique sévère et désespérée de l'humanité, de même que dans son *Schéma intéressant et pratique pour l'amé-*

nagement d'un hôpital pour incurables, qu'il publiera en 1733, où il fustige la folie et la sottise de l'homme. Dans *Les Lettres du Drapier* (1724-1725), il s'élève contre l'autorisation accordée frauduleusement par le roi d'Angleterre à un certain William Wood de battre monnaie et de l'introduire sur le marché irlandais, au risque d'affaiblir davantage la fragile économie de cette contrée sous le joug de la couronne britannique. Ce pamphlet lui vaudra la mise à prix de sa tête, mais il obtiendra gain de cause, et l'Angleterre cédera finalement. La détresse du peuple irlandais lui inspire également de courts textes, dits « tracts irlandais », parmi lesquels les *Dernier discours et suprêmes paroles d'Ébénezer Elliston* (1722), le *Projet de distribution d'Insignes distinctifs aux mendiants* (1737), ou encore la *Modeste proposition concernant les enfants des classes pauvres* (1729) — son pamphlet le plus connu. La froideur calculée presque intolérable de ce texte, l'injustice qu'il véhicule, si inhumaine qu'elle fait honte à l'administration britannique, à l'humanité toute entière, révèlent la profonde compassion de son auteur pour les plus miséreux.

Découvrez, lisez ou relisez les livres de Jonathan Swift :

VOYAGES DE GULLIVER (Folio classique n° 597)

VOYAGE À LILLIPUT/*VOYAGE TO LILLIPUT* (Folio Bilingue n° 3)

Dernier discours et suprêmes paroles d'Ébénezer Elliston

qui fut exécuté le deux mai
mil sept cent vingt-deux,
et voulut qu'on publiât ces pages
pour le bien des hommes

Je vais maintenant souffrir le juste châtiment de mes crimes, conformément à la loi de Dieu et à celle de mon pays. Je sais que c'est la coutume invariable que ceux qui viennent en ce lieu entendent un discours écrit par un autre à leur place et déclamé à haute voix tout contre leur oreille au moment même où ils sont conduits au gibet. En vérité, ce sont des discours tellement stupides, et d'un anglais si incorrect, que pas un de nous n'en accepterait sans honte la paternité, même au moment de monter sur l'échafaud, si ignorante et illettrée que soit notre corporation. Ils contiennent l'histoire prétendue de notre naissance, de notre éducation, et du crime pour lequel nous devons mourir ainsi que l'affirmation de notre sincère repentir, et de notre appartenance à une religion. Je ne puis prétendre être traité autrement que mes prédécesseurs. Néanmoins, ayant eu une éducation d'un ou deux degrés supérieure à celle de mes compagnons de fortune et de métier[1],

1. Elliston était fils de puritains qui lui donnèrent une

je me suis demandé depuis ma mise en prison ce qu'il m'appartiendrait de vous débiter en cette occasion.

Et, d'abord, il m'est impossible de déclarer, du fond de ma conscience, que je regrette sincèrement l'offense dont je suis coupable envers Dieu et les hommes, mais je regrette en revanche, et profondément, d'avoir si piteusement échoué dans l'exécution de ma mauvaise entreprise qui m'a conduit à ce résultat inopportun. Car il est de toute évidence que c'est après avoir obtenu il y a quelque temps d'être grâcié par la Couronne que j'ai repris mon métier précédent, tant mes mauvaises habitudes étaient enracinées en moi, et tant j'étais devenu impropre à tout autre emploi. Ainsi, même s'il est vrai qu'en accord avec mes amis, j'aie résolu de monter à la potence, comme il est habituel de le faire, à genoux, un livre à la main et les yeux levés au ciel, cependant je ne sens pas plus de piété dans mon cœur que n'en avaient, je l'ai bien vu, mes camarades, après s'être enivrés en compagnie de prostituées, la nuit même qui précédait leur exécution. J'irai jusqu'à dire, en ne faisant appel qu'à ma propre expérience, que deux de mes confrères, miraculeusement revenus à la vie, après leur pendaison, et heureusement évadés comme cela arrive quelquefois, se montrèrent par

---

bonne éducation mais il avait abandonné sa place dans la soierie pour se faire brigand.

la suite les plus fieffés et les plus persévérants coquins que j'aie jamais connus, jusqu'à ce qu'ils fussent pendus une seconde et dernière fois ; et cependant ils eurent l'impudence les deux fois qu'ils montèrent au gibet de se frapper la poitrine et de lever les yeux au ciel d'un bout à l'autre de leur escalade.

Secondement : me fondant encore sur la connaissance que j'ai de ma propre mauvaise nature et de celle de mes camarades, je proclame, comme une opinion personnelle, que rien ne peut être aussi malfaisant pour le public que la miséricorde du Gouvernement qui tend à nous pardonner sans cesse ou à nous condamner à la déportation. Sauf, bien sûr, quand nous nous sommes dénoncés les uns les autres, ce qui arrive toujours si nous sommes sûrs d'être bien payés, car alors il peut être avantageux de nous grâcier, conformément à la règle « qu'il vaut mieux n'avoir qu'un renard dans la ferme que trois ou quatre ». Mais nous nous débrouillons généralement pour revenir après la déportation et sommes dix fois plus gredins qu'avant, et beaucoup plus rusés. De plus je sais, par expérience, que l'espoir d'être grâciés, au cours du procès ou après notre condamnation, constitue toujours pour nous un puissant encouragement.

Troisièmement : rien n'est plus dangereux pour les jeunes désœuvrés que la compagnie de ces odieuses et vulgaires prostituées que nous fréquentons et dont notre ville surabonde. Ces misérables nous excitent au mal pour satisfaire leurs vices et leur passion pour l'argent. Elles sont dix fois plus sanguinaires et cruelles que les hommes ; elles nous conseillent toujours de ne pas faire de quartier quand nous sommes poursuivis. Elles s'enivrent en notre compagnie et sont communes à nous tous, et pourtant elles sont toujours prêtes à nous livrer, quand elles en retirent quelque avantage.

Maintenant, comme je suis sur le point de mourir, j'ai fait quelque chose qui pourra être utile au bien public. J'ai laissé entre les mains d'un honnête homme (et je puis dire que c'est le seul honnête homme que j'aie fréquenté) une liste contenant les noms de tous mes gredins de confrères, avec leur adresse actuelle et un bref résumé des crimes principaux qu'ils ont commis. J'ai moi-même été le complice de certains de ces crimes ; d'autres, je les ai entendus les raconter eux-mêmes. J'ai de même donné les noms de ceux que nous appelons nos indicateurs, des mauvais lieux que nous fréquentons, et de nos recéleurs. Et voici la mission que j'ai confiée à cet honnête homme, et qu'il m'a fait le serment de remplir : chaque fois qu'il entendra dire qu'un brigand va passer en justice, pour vol à main armée ou cambriolage, il consultera la liste ; et s'il y trouve le nom de l'accusé, il enverra le papier complet à l'Administration. J'en donne l'avertissement public et loyal à mes compagnons, et j'espère qu'ils en tiendront compte.

Dans le papier en question, qui se trouve entre les mains de mon ami, j'ai également mentionné le nom de plusieurs messieurs qui ont été victimes de vols dans les rues de Dublin, au cours de ces trois dernières années. J'ai donné des détails sur ces agressions, et j'ai prouvé clairement que seule l'absence du courage le plus élémentaire a été la cause de leur infortune. J'ai donc prié mon ami de faire imprimer et publier, le jour où se produira une agression de ce genre, le texte de mes révélations, avec le nom des intéressés indiqués par leurs initiales, puisque c'est leur manque de bravoure qui sera responsable à l'avenir de cette sorte d'inconvénients.

Je ne puis quitter ce monde sans donner une brève description de la vie que j'ai menée au cours de ces dernières années, et qui est exactement la même que celle de tous mes gredins de confrères.

Bien que nous soyons tellement corrompus dès notre enfance, qu'il ne nous reste aucun sens moral, nous éprouvons je ne sais quel sentiment de pesanteur qui fait que nous ne sommes à notre aise que lorsque nous sommes à moitié ivres, entre nos catins et nos camarades, et nous ne pouvons dormir tranquilles tant que nous n'avons pas bu jusqu'à rouler au sol. Si nous nous déplaçons pendant le jour, tout homme sensé lira sur nos figures que nous sommes des vauriens, tellement nous avons l'air soupçonneux, méfiants et contraints, et tellement nous sommes enclins à faire demi-tour, pour disparaître dans le labyrinthe des ruelles. Je n'ai jamais manqué d'identifier un de mes confrères en brigandage, rien qu'à son allure, même si je ne l'avais jamais vu auparavant. Chaque homme de notre bande entretient sa concubine particulière, mais il la laisse à la disposition de tous les autres, s'ils ont envie d'un peu de changement. Quand nous avons du butin, nous le répartissons, si c'est de l'argent, à parts égales entre nos compagnons et nous l'avons bientôt dilapidé à satisfaire nos vices dans ces maisons où nous sommes reçus. Le patron, la patronne et jusqu'au garçon ont droit à quelque chose, et en outre ils nous font payer trois fois les additions. Si nous avons raflé de l'argenterie, des montres, des bagues, des tabatières et autres objets de valeur, nous avons dans tous les quartiers de la ville des clients qui nous les rachètent. J'ai vu un pot à bière, qui valait bien quinze livres, vendu vingt shillings à un bonhomme de telle rue et une montre en or trente shillings. J'ai mis le nom de ce recéleur et de plusieurs autres sur le papier dont j'ai parlé. Nous avons des indicateurs faisant le guet au coin des rues et dans les angles de murs, pour nous avertir du passage d'un bourgeois, surtout quand le monsieur est un peu éméché. Je crois en conscience qu'en évaluant à mille livres au total ce que nous avons volé, si l'on tient compte des prix dérisoires auxquels nous avons dû vendre, de l'argent distribué pour faire taire les gens et de celui que nous ont extorqué les cabaretiers, plus d'autres frais inévitables, il ne nous est pas resté plus de cinquante livres à distribuer entre les voleurs de notre bande, et de cette somme nous devons déduire le vêtement de nos catins, et leur entretien du matin au soir, ce dont elles nous récompensent par la trahison et la vérole. Car une fois que notre argent s'est envolé, elles n'arrêtent pas de nous menacer d'une dénonciation, si nous ne tentons pas un nouveau coup. Si quelque chose en ce bas monde peut se comparer à l'enfer, tel que j'ai entendu notre clergé le décrire, rien ne lui est plus ressemblant que l'arrière-salle d'une de nos tavernes à minuit, lorsque s'y est réunie une bande de voleurs avec leurs gourgandines, après la distribution d'un butin, et que l'on commence à être éméché. Depuis ce moment jusqu'à ce que tout soit ivre-mort, il s'y fait un tapage si effroyable, entre les jurons, les blasphèmes, les paillardises, les obscénités et les bruits de l'animalité déchaînée, le tout mêlé aux hurlements, à la bousculade, au fracas des pots cassés et des cruches volant à la tête du voisin, que l'asile des fous de Bedlam est en comparaison un lieu digne et tranquille. Enfin, tous dégringolent de leurs chaises et de leurs bancs, et s'abîment dans le sommeil pour le reste de la nuit. Il arrive d'habitude que le cabaretier ou sa femme, ou alors une des catins qui a la tête plus ferme que les autres, leur fasse les poches avant qu'ils ne se réveillent. Notre malheur est que nous ne pouvons avoir l'esprit en repos à moins d'être saouls, et que nos saouleries nous exposent toujours à être plus facilement trahis et pris.

Voilà une brève description de la vie que j'ai menée. Elle est plus méprisable que celle du plus pauvre travailleur qui peine pour quatre sous par jour. Et pourtant l'habitude est si forte que je suis bien certain, au cas où je pourrais m'échapper au pied même du gibet, que je m'y remettrais le soir même. De sorte qu'en fin de compte, nous devons être considérés comme les ennemis publics de l'humanité, dont l'intérêt est de nous exterminer comme des loups ou comme toutes ces sales bêtes nuisibles, qui ne sont protégées par aucun règlement de chasse.

Si j'ai rendu service aux hommes par mes déclarations, j'espère avoir aussi rendu service à Dieu : elles auront donc mieux valu qu'un stupide discours écrit en mon nom par un autre et rempli de pleurnicheries et de boniments. Je méprise ce genre-là. Ça n'a jamais été le mien. Pourtant, c'est bien un discours de ce style qui va faire souffrir mes oreilles quand je passerai le long des rues.

Bonnes gens, adieu. Je suis mauvais, mais j'en laisse de pires derrière moi. J'espère que vous me verrez mourir comme un homme de cette mort de chien.

Modeste proposition concernant les enfants des classes pauvres

Comment soulager leurs parents et la Nation de la charge qu'ils représentent — comment les utiliser pour le bien public

Rien n'est plus affligeant pour quiconque traverse la capitale ou voyage en province, que le spectacle de ces mendiantes encombrant les rues, les routes et le seuil des masures, suivies de trois, quatre ou six enfants, en groupes déguenillés, qui harcèlent le passant de leurs mains tendues. Ces mères de famille pourraient être d'honnêtes travailleuses. Seule les lance toute la journée à la rue l'obligation de mendier le pain de leurs jeunes enfants, qui périraient sans elles, mais dont le chômage fera plus tard, soit des brigands, soit des mercenaires du Prétendant en Espagne loin de leur chère patrie, soit des esclaves volontaires dans les îles Barbades.

C'est une vérité admise, je crois, par tous les partis, que ce nombre prodigieux d'enfants sur les bras, le dos ou les talons de leur mère (et fréquemment de leur père) est, dans le déplorable état présent du Royaume, un très gros ennui supplémentaire. Par conséquent, tout procédé radical, bon marché et facile, permettant une intégration durable et heureuse de ces enfants à la richesse nationale, serait d'un tel intérêt pour le bien public que son inventeur mériterait pour le moins qu'on lui élevât une statue, comme bienfaiteur de la Nation.

Mais je n'ai pas l'intention, loin de là, de limiter mon projet aux seuls enfants des mendiants professionnels : je le conçois comme bien plus vaste et englobant la totalité des enfants d'un âge donné, dont les parents sont, en fait, aussi peu en état de les nourrir que les gens qui nous demandent la charité dans la rue.

Pour mon compte, plusieurs années de réflexion consacrées à cet important problème et un examen attentif des projets d'autres auteurs m'ont fait découvrir, dans chacun de ceux-ci, de grossières erreurs de calcul. Un fait est certain : pendant une année solaire à compter du jour où elle a mis bas, une mère peut faire vivre un enfant de son lait. Ajoutons-y un très petit complément de nourriture, évaluable à moins de deux shillings, somme que l'exercice légal de la mendicité lui procurera certainement en numéraire ou sous forme de reliefs de table. Or, mon projet concerne les enfants d'exactement cet âge d'un an et vise — au lieu de les laisser être un fardeau pour leurs parents ou la paroisse, et manquer de pain et de vêtements tout le reste de leur vie — à les faire contribuer à l'alimentation et en partie à l'habillement de nombreux milliers d'hommes.

Mon plan n'est pas sans comporter un autre avantage, celui de faire disparaître les avortements volontaires et cette horrible pratique de l'infanticide — qui est hélas ! trop fréquente parmi nos filles-mères et dont je vois plutôt la cause dans la peur des dépenses que dans la honte. Ce sacrifice de pauvres bébés innocents arracherait des larmes de compassion au cœur le plus sauvage et le plus inhumain.

Il ressort du chiffre de un million et demi d'âmes[1] auquel s'élève, croit-on, la population irlandaise, que celle-ci comprend deux cent mille couples environ dont la femme est reproductrice. Retranchons trente mille couples qui sont en état de faire vivre eux-mêmes leurs enfants (chiffre un peu forcé, je le crains, vu la détresse actuelle du Royaume), mais ceci posé, il nous reste cent soixante-dix mille reproductrices. Retranchons encore cinquante mille pour les fausses couches et les morts d'enfants de moins d'un an par accidents ou maladies. Il reste donc qu'il naît chaque année dans les familles pauvres un total de cent vingt mille enfants. Comment élever ces multitudes ? Comment leur assurer un avenir ? C'est là le problème, et, je le répète, dans la situation présente des affaires, tous les autres projets le laissent sans solution. Car on ne peut trouver d'emploi ni dans l'industrie ni dans l'agriculture. La construction est en sommeil (du moins en province). Les champs sont en friche. Vivre de rapines ? Cela n'est possible, avant l'âge de six ans, que pour

1. Une évaluation de sir W. Petty, faite en 1699, parle de un million deux cent mille habitants en Irlande.

les sujets exceptionnellement doués. Je concède que les rudiments du métier peuvent s'apprendre bien plus tôt, mais sans qu'on dépasse à vrai dire le stage de l'apprentissage. Je tiens ces données d'une importante personnalité du comté de *Cavan*, qui m'a assuré ne pas connaître plus d'un ou deux voleurs qualifiés de moins de six ans, bien que les naturels du pays soient fameux pour leur précocité en cet art.

Nos marchands eux-mêmes m'ont révélé qu'au-dessous de douze ans ni les filles ni les garçons ne trouvaient acheteur, et que ceux-là mêmes qui arrivent à cet âge font tout juste le prix de trois livres, ou trois livres et demie, ce qui n'est payant ni pour les parents ni pour la Nation, les frais de nourriture et de haillons s'étant élevés au moins à quatre fois cette somme.

J'en arrive donc à exposer humblement mes propres idées, qui, je l'espère, ne soulèveront pas la moindre objection.

J'ai connu à Londres un Américain fort compétent, lequel m'a révélé qu'un bébé sain et bien nourri constitue à l'âge d'un an un plat délicieux, riche en calories et hygiénique, qu'il soit préparé à l'étouffée, à la broche, au four ou en pot-au-feu et j'ai tout lieu de croire qu'il fournit de même d'excellents fricassées et ragoûts.

L'humble plan que je propose au public est donc le suivant : sur ce chiffre de cent vingt mille enfants que j'ai avancé, on en réserverait vingt mille pour la reproduction, dont le quart seulement de mâles (proportion supérieure à celle de nos troupeaux d'ovins, de bovins ou de porcs, et justifiée par les très nombreuses naissances hors mariage des enfants en question : nos sauvages n'attachant que peu d'importance au fait d'être marié ou non, rien ne s'oppose à ce qu'un seul mâle serve quatre femelles). On vendrait les cent mille autres à l'âge de un an. On les proposerait à la clientèle la plus riche et distinguée du Royaume, non sans prévenir les mères de leur donner le sein à satiété pendant le dernier mois, de manière à les rendre gras à souhait pour une bonne table. Si l'on reçoit, on pourra faire deux plats d'un enfant. Si l'on dîne en famille, on pourra se contenter d'un quartier (avant ou arrière), lequel, légèrement salé et poivré, fournira un excellent pot-au-feu, le quatrième jour, spécialement en hiver.

Selon mes calculs, le poids moyen d'un nouveau-né est de douze livres. Avec une bonne nourrice, il peut atteindre vingt-huit livres en une année solaire.

J'admets qu'il s'agit d'un comestible cher, et c'est pourquoi je le destine aux propriétaires terriens : ayant sucé la moelle des pères, ils semblent les plus qualifiés pour manger la chair des fils.

Les arrivages de viande de nourrissons doivent être abondants toute l'année, mais avec une pointe de fin février à début avril ; car un auteur sérieux (un éminent médecin français) nous assure que, grâce aux heureux effets du poisson sur le pouvoir génésique, les pays catholiques romains connaissent, neuf mois environ après le Carême, une forte augmentation de leur natalité. C'est donc avec un décalage d'un an par rapport au Carême que les marchés seront le mieux fournis, vu le grand nombre des nourrissons papistes (soixante-quinze pour cent du total en Irlande). Signalons au passage cet autre avantage de mon plan : réduire chez nous le nombre des papistes.

Comme je l'ai noté plus haut, il doit en coûter à une mendiante environ deux shillings (haillons compris) pour faire vivre un enfant pendant une année (on peut assimiler à des mendiants tous les métayers et domestiques agricoles, ainsi que les trois quarts des fermiers) — et je crois d'autre part tout gentilhomme prêt à débourser dix bons shillings pour un nourrisson de boucherie engraissé à point. Je répète qu'il s'agit d'une viande excellente et nutritive, dont chaque pièce fournit quatre plats (que l'on reçoive ou que l'on dîne seul). Ainsi, les hobereaux sauront se montrer bons propriétaires et verront leur popularité croître parmi leurs métayers. Les mères, de leur côté, feront un gain net de huit shillings et seront disponibles pour le travail jusqu'à produire un autre enfant.

Pour ne rien laisser perdre (et j'avoue que la dureté des temps pousse à l'économie) on pourra écorcher la pièce avant le dépeçage. La peau, traitée selon les règles, fournit d'admirables gants de dames et des chaussures d'été très habillées pour Messieurs.

Comment adapter à ce nouveau marché notre

ville de Dublin ? Une solution serait l'aménagement d'abattoirs dans les quartiers les plus favorisés : le recrutement de dépeceurs ne paraît pas poser de problème. Néanmoins, la clientèle aurait intérêt, selon moi, à acheter les enfants tout vivants et à les préparer « au sang » comme les cochons de lait.

J'ai soumis récemment mon plan à une personne de haute valeur et d'indéniable patriotisme, dont je prise fort les vertus, et qui a bien voulu me proposer l'amendement que voici : selon lui, nous manquons de bêtes de chasse. De nombreux seigneurs irlandais ayant à la longue exterminé leur gros gibier, on pourrait leur offrir comme succédané les corps de garçonnets et de fillettes de douze à quatorze ans, ni plus jeunes ni plus vieux.

Ceux-ci, de toute façon, sont destinés à mourir de misère, ni les hommes ni les femmes ne trouvant d'emplois dans aucune province. La décision serait laissée à leurs père et mère, ou à défaut, à leur plus proche parent. Je salue en cet excellent ami le patriote de grand mérite. Mais je ne puis, malgré tout, partager son avis. Car la viande de garçon est mauvaise (c'est l'avis de cet Américain très versé en la question). De plus, le surmenage la rend coriace et maigre : voyez nos écoliers. Et l'embouche ne serait pas rentable. Les filles, de leur côté, sont sur le point de passer reproductrices, et il serait anti-économique, à mon humble avis, de les sacrifier à cet âge. Une dernière objection : certaines personnes scrupuleuses n'iraient-elles pas jusqu'à prononcer le mot de cruauté à propos d'une pratique de ce genre ? Le reproche est ici sans fondement, certes, mais j'estime que rien n'est pire pour un projet, si haut vise-t-il, que d'y prêter le flanc.

Ne jetons pourtant pas la pierre à mon ami. L'idée de cet expédient n'est pas de lui. Elle lui vient, m'a-t-il révélé, du fameux Sallmanazor, naturel de l'île de Formose, qui passa par Londres voilà vingt ans, et qui lui fit, entre autres, le récit suivant : dans son pays, quand le condamné à mort se trouve être une jeune personne, le bourreau vend le corps aux *personnes de qualité*, comme un morceau de premier choix. Il avait connu le cas d'une jeune fille de quatorze ans, qui fut crucifiée pour avoir tenté d'empoisonner l'Empereur, et qui était fort rondelette. Son corps, dépecé au pied du gibet, fut vendu au Premier ministre de Sa Majesté et à d'autres hauts Mandarins de la Cour, pour quatre cents couronnes. Et ce n'est pas moi qui irai dire, que si le même usage était fait de certaines jeunes dondons de la ville, qui, sans un sou vaillant, ne sortent qu'en chaise et se montrent au *Théâtre* et aux *Assemblées* dans des atours d'importation (qu'elles ne paieront jamais), le Royaume y perdrait grand-chose.

Certains esprits chagrins se tourmentent au sujet du grand nombre de miséreux âgés, malades ou infirmes, et j'ai été invité à orienter mes recherches de ce côté-là : par quel procédé pourrait-on libérer la Nation de ce véritable carcan ? Voire.

Pour moi il n'y a pas là l'ombre d'un problème. Chacun sait que la faim, le froid, la crasse et la vermine les expédient tous les jours par pleins charniers. Il n'y a aucun motif d'être impatient. Et les perspectives sont aussi rassurantes en ce qui concerne les ouvriers plus jeunes. Ils sont sans travail, et la sous-alimentation les débilite à tel point que si, par accident, ils trouvent un jour de l'embauche, un effort des plus ordinaires les tue à coup sûr, les mettant, ainsi que la Nation, à l'abri de maux inhérents à la vieillesse.

Trêve de digressions. Je reviens à mon sujet, c'est-à-dire à ma proposition. Ses avantages à mon avis sautent aux yeux et plusieurs d'entre eux sont d'une importance capitale.

D'abord, comme je l'ai dit plus haut, on verrait baisser beaucoup le nombre des papistes, qui se font chaque année plus envahissants, grâce à leur forte natalité, et qui sont nos plus dangereux ennemis. Ne demeurent-ils pas en Irlande avec l'intention bien arrêtée de la livrer au Prétendant, mettant à profit l'absence de tant de bons protestants qui ont choisi de s'exiler, plutôt que de payer, contre leur conscience, la dîme à un desservant épiscopalien ?

Deuxièmement. Les plus pauvres fermiers posséderont enfin quelque chose à faire saisir pour payer leurs propriétaires. On sait que bêtes et grains sont toujours saisis depuis longtemps, et que l'argent est une chose inconnue.

Troisièmement. Étant établi qu'il en coûte, au bas mot, dix shillings *per annum* pour faire vivre chacun de ces cent mille enfants de deux ans et au-dessus, le compte économique de la Nation y gagnera cinquante mille livres *per annum*, sans compter l'apport d'un nouvel aliment introduit sur les tables des gourmets (qui appartiennent aux classes riches du Royaume) : d'où un accroissement de la circulation monétaire, les biens consommés étant entièrement irlandais d'origine et de manufacture.

Quatrièmement. La vente des enfants, s'ils naissent à une cadence soutenue, peut rapporter huit shillings *per annum* à une reproductrice, tout en réduisant à un an le temps où elle les aura à sa charge.

Cinquièmement. Ce nouveau plat attirera certainement de nombreux clients dans les auberges dont les patrons ne manqueront pas de le préparer à la perfection, en mettant au point les meilleures recettes, pour faire de leurs établissements le rendez-vous des gastronomes les plus distingués et les plus fiers de leur compétence — et un habile cuisinier, bon juge des vrais désirs de ses hôtes, saura combiner les repas coûteux qu'ils apprécient.

Sixièmement. Mon plan renforcerait grandement l'attrait du mariage, que toutes les Nations sensées ont soit encouragé par des récompenses, soit protégé par des lois et des sanctions. Il augmenterait le dévouement et la tendresse des mères pour leurs enfants. Comment ne pas les chérir, ces pauvres bébés dont elles tireraient leur subsistance, et dont l'intervention de la Société ferait une source de revenus annuels au lieu d'une occasion de débours ?

Nous verrions vite naître une saine émulation entre les femmes mariées : « Laquelle de nous portera au marché le bébé le plus gras ? » Les maris, de leur côté, seraient aussi fiers de leur femme enceinte qu'ils le sont aujourd'hui de leur jument ou de leur vache pleines, de leur truie sur le point de mettre bas. Et la crainte d'un avortement les détournerait de lever le poing ou le pied contre elles (comme ils le font trop fréquemment).

On peut énumérer de nombreux autres avantages : consommation moindre de bœufs de boucherie (mille bêtes environ par an, qui viendront grossir nos exportations de viande salée). De même pour le porc : la production de lard y gagnera. Elle a beaucoup souffert jusqu'ici des nombreux abattages de porcs, consommés surtout comme viande fraîche. Et quelle viande fraîche peut rivaliser, en saveur comme en somptuosité, avec un succulent bébé d'un an, gras à souhait et rôti tout d'une pièce ? Le banquet du Lord-Maire ou toute autre réjouissance publique se feront gloire d'en mettre un à leur menu. Mais passons. Il serait bien trop long de tout dire.

Pour Dublin même, on peut évaluer à mille familles les acheteurs habituels de viande de bébé. Mais en comptant les achats exceptionnels pour les agapes familiales (telles que mariages ou baptêmes) la ville offrirait un débouché pour environ vingt mille pièces. Les quatre-vingt mille autres s'écouleraient dans le reste du Royaume (à un prix sans doute un peu inférieur).

Mon plan me paraît inattaquable. La seule objection possible serait celle-ci : ne va-t-il pas provoquer un véritable dépeuplement du Royaume ? C'est entendu, et c'est exactement son intention, son intention déclarée. Mais j'insiste auprès du lecteur : qu'il sache bien que mon remède n'est conçu que pour le seul Royaume d'Irlande pris individuellement, et pour nul autre État au monde, passé, présent et sans doute à venir. Qu'on ne me parle donc pas d'autres expédients possibles : taxe de vingt-cinq pour cent sur les revenus des non-résidents — Priorité absolue aux textiles et autres biens de consommation d'origine et de fabrication irlandaises — Boycott rigoureux des articles de luxe en vogue à l'étranger. Campagne contre l'orgueil, la vanité, la paresse et la futilité des femmes, qui nous ruinent — Implantation de l'esprit d'économie, de la prudence et de la tempérance — Sursaut de patriotisme : car sur ce point nous sommes plus bas que les Lapons et les habitants de Topinambou[1] — Fin de nos querelles, de nos divisions : ne plus ressembler aux juifs qui s'égorgeaient entre eux pendant que la ville était prise — Un peu de scrupules avant de brader notre

1. L'anglais ne connaît le mot que dans le sens de « topinambour ». C'est par imitation de Boileau que Swift l'emploie dans le sens de sauvages :
« Et l'Académie entre nous
Souffrant chez soi de si grands fous
Me semble un peu topinanboue. »
Épigr. 25.

patrie et nos consciences — Un appel aux propriétaires terriens : qu'ils aient quelques traces de pitié pour leurs fermiers — Et enfin, un effort auprès des commerçants : leur montrer ce qu'est l'honnêteté, l'activité, la compétence. Car, que feraient-ils si triomphait maintenant le principe de n'acheter que les produits de l'Irlande ? Ils tricheraient à qui mieux mieux, ils nous escroqueraient sur la valeur, la mesure et la qualité ; et ils resteraient réfractaires à la notion même de juste prix, en dépit des exhortations les plus solennelles.

Je le répète : que valent tous les expédients de ce genre ? Y a-t-il le moindre espoir qu'on prenne un jour à cœur de les mettre, pour de bon, en pratique ? Alors, qu'on ne m'en rebatte pas les oreilles.

J'ai passé moi-même des années à brasser des théories vaines, inefficaces, utopiques. J'avais perdu tout espoir d'aboutir. Puis je suis tombé sur ce plan, qui est révolutionnaire, j'en conviens, mais qui a quelque chose de solide et de réel, qui n'exige ni dépenses ni fatigues, que nous pouvons exécuter entièrement par nous-mêmes, et qui ne court aucun risque de mécontenter l'Angleterre. Car il ne peut être question d'exporter la viande d'enfant[1]. Elle

1. Deux actes du règne de Charles II, passés en 1665 et 1680, interdisaient de façon absolue à l'Irlande d'exporter vers l'Angleterre toute espèce de gros et de petit bétail, de porc, de viande abattue, et de produits laitiers. Comme l'Irlande est essentiellement agricole, c'était un coup mortel porté à son économie, mais les fermiers anglais avaient réclamé cette mesure protectionniste.

est d'une consistance trop tendre pour supporter un long séjour dans le sel ; encore que j'aie sur la langue le nom d'un pays qui n'aurait pas besoin de sel pour dévorer tout notre peuple, et avec appétit.

J'ajouterai que, loin de me cramponner à mon système, je suis prêt à accueillir les solutions proposées par tout bon esprit, si elles s'avèrent aussi innocentes, bon marché, faciles et efficaces. Mais que de telles solutions existent, qu'elles aillent à l'encontre de mon projet, ou qu'elles s'y substituent, j'attire l'attention des auteurs sur deux questions préalables : premièrement, dans la conjoncture actuelle, comment vont-ils nourrir cent mille bouches inutiles et vêtir ces cent mille corps ? Deuxièmement, tenant compte de l'existence, à travers tout le Royaume, d'un bon million d'êtres (apparemment) humains, que personne ne peut envisager de maintenir tous en vie sans un déficit de deux millions de livres sterling (car, outre les mendiants professionnels, il y a la masse des mendiants de fait : fermiers, métayers, ouvriers agricoles, avec leurs femmes et leurs enfants) ; je demande aux hommes d'État opposés à mes idées, et assez hardis pour les combattre, d'aller d'abord interroger les parents de ces malheureux. Leur sort ne leur eût-il pas semblé infiniment meilleur s'ils avaient été envoyés à la boucherie, à l'âge d'un an, de la façon que je recommande, et s'ils n'avaient pas vécu ce perpétuel drame de l'infortune que fut leur existence : le propriétaire implacable, les termes impossibles à payer ni en argent ni en services, les privations de toutes sortes, les hivers sans toit ni vêtements, et la certitude de ne laisser à jamais après soi qu'une misère semblable — ou pire.

Je veux terminer par une profession de foi : ce n'est en aucune façon l'intérêt personnel qui me fait militer en faveur d'une œuvre que j'estime nécessaire. Je n'ai en vue que le bien de mon pays. Je recherche le développement de son commerce, le bien-être de ses enfants, le soulagement des pauvres, et un peu d'agrément pour les riches. Je n'ai pas un sou à attendre de la vente de mes enfants : le plus jeune a déjà neuf ans et ma femme a passé l'âge d'être mère.

Un schéma intéressant et pratique pour l'aménagement d'un hôpital pour incurables

*servant au bien universel
des sujets de Sa Majesté*

Il n'y a rien qui contribue davantage à assurer la réputation d'un particulier, ni à honorer une Nation dans son ensemble, comme la construction et l'aménagement d'édifices destinés à loger ceux qui sont les victimes des infortunes de toutes sortes. On épargne ainsi aux malades et aux miséreux la triste obligation de mendier leur subsistance et les autres sont délivrés de la triste obligation de les voir dans la rue.

Il est certain que le génie du peuple anglais est fortement incliné à la charité publique. À tel point même, et si noblement, que dans certains quartiers de cette grande et opulente Cité, ainsi que dans de nombreux villages de la périphérie, nous voyons un grand nombre d'hôpitaux, entretenus par la généreuse contribution de familles particulières aussi bien que par les libéralités du pouvoir public. Les uns réservés aux marins qui ont usé leurs forces au service de leur pays, d'autres aux soldats invalides. Les uns destinés à héberger les commerçants en déconfiture et d'autres leurs veuves et leurs orphelins. Les uns mis au service de ceux qui traînent de pénibles infirmités, d'autres pour ceux qui sont privés de leur raison.

Mais je pense, après mûre réflexion, qu'il existe une sorte d'œuvre charitable qui est presque entièrement négligée, et qui pourtant me semble de nature si excellente, que nulle ne paraît plus désirable, ni mieux adaptée au bien-être, au repos et au bonheur de l'ensemble du Royaume. Je veux parler

D'UN HÔPITAL POUR INCURABLES

Je dois avouer, certes, qu'une fondation de cette nature serait une occasion de perpétuelles et importantes dépenses. Pourtant, je me crois en mesure, je l'affirme sans hésitation, de convaincre effectivement le monde que mon projet d'un hôpital de ce genre est tout à fait réalisable, et qu'il tentera quiconque prend un tant soit peu à cœur les intérêts de son pays et de ses semblables.

On sait que le corps des créatures humaines peut être sujet à une infinité d'affections qui éludent le pouvoir de la médecine et sont souvent reconnues comme incurables. Mais on peut observer que leur esprit également connaît des maux, tout aussi variés, qu'aucune habileté, aucun pouvoir, aucun remède ne peuvent modifier ni amender. Et je pense que, eu égard à la paix publique et au progrès, aussi bien qu'au repos de nombreuses familles pieuses et estimables, c'est cette dernière espèce d'incurables qui mérite principalement que nous lui consacrions notre attention et notre bienfaisance.

Je crois qu'un hôpital réservé à cette espèce d'incurables sera universellement reconnu comme nécessaire, si nous considérons le nombre des incurables absolus que chaque profession, grade et corps social produit continuellement, et qui sont une source d'ennuis pour la Nation. Or nous ne disposons pas d'autres moyens pour en débarrasser le Royaume.

Par exemple, que l'on veuille bien réfléchir au nombre qu'il y a de sots incurables, de canailles incurables, de mégères incurables, d'écrivailleurs incurables (je ne parle pas pour moi), de freluquets incurables, de mécréants incurables, de menteurs incurables, de coureuses incurables en tous lieux fréquentés par les gens — pour ne pas parler de ceux qui sont incurablement vaniteux, incurablement envieux, incurablement orgueilleux, incurablement poseurs, incurablement impertinents, et de myriades d'autres, qu'il me faut passer sous silence si je ne veux pas voir le présent article prendre les proportions d'un volume. Et très certainement, aucun expert non prévenu ne doutera de la nécessité, au nom d'une charité vraiment chrétienne, de débarrasser le public, dans la mesure du possible, de ces encombrantes et insupportables espèces d'incurables.

Et d'abord : sous la dénomination de sots incurables, nous pourrons raisonnablement espérer qu'un hôpital de ce genre accueille un nombre considérable de produits de nos universités, qui à l'heure actuelle se rencontrent dans différentes professions sur cette Terre, sous les titres vénérables de médecins, avocats et ecclésiastiques.

D'ailleurs, comme ces antiques séminaires ont été pendant bon nombre d'années à peu près exclusivement des espèces de couveuses pour cette sorte d'incurables, il semble tout à fait recommandable que l'on constituât à leur intention un fonds spécial. Car s'ils ne doivent être entretenus que grâce à leurs mérites professionnels, ils devront, de toute évidence, être réduits à des ressources extrêmement précaires.

Je ne voudrais à aucun prix donner l'impression que je cherche à faire des réflexions désagréables sur aucune catégorie de personnes, comme si je me figurais que les maigres gains d'un spécialiste de telle ou telle science sont toujours le signe d'un aussi maigre degré d'intelligence. Car je me déclare moi-même plutôt porté à soutenir une opinion tout à fait opposée, ayant fréquemment observé que dans le barreau, la faculté ou la chaire sacrée, ceux qui ont le moins de science et d'entendement à leur disposition, sont généralement les mieux servis en dignités et en argent. Et je pourrais fournir bien des exemples à l'appui, mais le public semble suffisamment convaincu de cette vérité.

Sous la même dénomination nous sommes également en droit de compter sur une vaste et ridicule quantité de vieilles veuves riches, que leurs appétits ardents et impatients enflamment de passions extravagantes pour des messieurs d'âge et de tempérament très différents des leurs, de sorte qu'elles achètent du mépris et de l'aversion dotés de membres solides, et que chargées d'ans, d'infirmités et probablement aussi de mauvais caractère, elles sont forcées d'attirer par ruse dans leurs embrassements des êtres dont la fortune et la personnalité sont dans un état tout aussi déplorable.

De plus, notre collection de sots incurables s'accroîtra dans des proportions incroyables grâce aux apports fournis par les catégories suivantes :

Les héritiers prodigues, qui sont juste de l'âge convenable pour être la proie des jockeys, des amateurs de chasse à courre, des maîtres d'armes, des souteneurs, des aigrefins, des écornifleurs, et autres honorables vide-goussets. Les avaricieux, qui se laissent presque mourir de faim pour nourrir la prodigalité de leurs héritiers, et qui proclament à la face du monde combien ils sont indignes de posséder des biens, étant donné la façon misérable et ridicule dont ils en profitent.

Les plaideurs et plaideuses de toute condition, qui trouvent à leur goût de laisser la plus grande part de leur fortune entre les mains des hommes de loi, pour le plaisir de faire perdre de l'argent aux autres.

Ceux qui accordent quelque crédit aux professions d'amitié avant un procès ou qui croient à la fidélité de leurs maîtresses.

Les jeunes hobereaux illettrés, qui vont faire des voyages à l'étranger pour en importer de la débauche, de la suffisance, de l'arrogance, de la vanité et de la coquetterie, tous articles que l'on trouve pourtant chez nous en grande abondance.

Les jeunes ecclésiastiques, qui se mettent en tête de se marier et de fonder une famille, avant d'avoir les moyens de la faire vivre.

Ceux qui ont des terres de grand rapport dans des Royaumes différents, mais sont pourtant assez incurablement stupides pour dépenser tous leurs revenus uniquement en Angleterre.

Cette énumération, que je pourrais encore faire plus longue, nous montre que nous aurions toujours l'occasion de rendre service à la société, si nous disposions d'un hôpital pour y loger de tels incurables, qui de nos jours, soit à cause de l'affection excessive que leur portent leurs proches, soit à cause de l'indolence des magistrats responsables, sont autorisés à utiliser la voie publique, et à se montrer aux endroits les plus fréquentés de cette Cité, comme s'ils étaient des créatures raisonnables.

J'ai oublié de signaler dans ce paragraphe qu'il serait malgré tout possible de confier à de nombreux membres du clergé, qui rempliraient les conditions voulues pour être admis à l'hôpital, les fonctions d'aumôniers, ce qui permettrait d'économiser la dépense bien inutile de leurs honoraires.

Après les sots, viennent, dans l'ordre logique, ceux que l'on peut justement ranger sous la vaste dénomination de canailles incurables, dont nos facultés de droit nous offriraient de façon ininterrompue de gros contingents. Je pense d'ailleurs que, pour cette espèce d'incurables, il serait nécessaire de limiter le nombre des admissions annuelles, de fixer un chiffre, qu'aucune considération de la tranquillité et du bien-être de l'État et qu'aucune autre raison charitable ou philanthropique ne devraient nous pousser à dépasser ; car si on admettait dans notre fondation tous ceux que l'on peut considérer comme des victimes incurables du mal en question, et s'il était d'autre part possible aux autorités de trouver assez de place pour les loger, je suis absolument persuadé que nos écoles de droit, qui sont de nos jours surpeuplées, seraient en peu de temps vidées de leurs occupants et que la bienfaisante carrière d'homme de loi ne trouverait plus personne pour l'embrasser.

Je tremble à la pensée des hordes d'avoués, avocats, chicaneurs, scribouillards, usuriers, clercs marrons, détrousseurs, prêteurs à gages, geôliers et juges de paix qui seraient d'heure en heure conduits à notre hôpital, et quel trouble aussi la mesure provoquerait dans les familles nobles et fortunées.

Dans quelle détresse inattendue ne plongerait-elle pas un bon nombre de nobles et opulents seigneurs, se trouvant brusquement privés du service de leurs riches intendants en qui ils avaient, depuis des années, mis une confiance absolue, et les voyant irrévocablement enfermés avec les incurables de ce type.

Combien d'orphelins devraient s'attendre à voir leur tuteur partir précipitamment pour l'hôpital ? Et combien d'exécuteurs testamentaires aux dents longues auraient à se lamenter d'avoir perdu leurs occasions de pillage ?

Est-ce que la rue de la Bourse ne serait pas justement affligée de la disparition de ses marchands de titres et de ses courtiers ? Et les Sociétés de bienfaisance de l'internement de beaucoup de leurs présidents ?

Est-ce que Westminster Hall et tous les tripots de notre grande Cité ne se trouveraient pas dépeuplés ? Et les techniciens diplômés de ces assemblées ne deviendraient-ils pas un poids mort pour leur profession, se voyant privés de toute occasion d'être malhonnêtes à l'avenir ?

Bref, la mesure plongerait le Royaume tout entier dans la confusion et dans le désordre, et nous verrions que tout le revenu national suffirait à peine à l'entretien du nombre si élevé des incurables de ce type, dont l'état serait tel, qu'il justifierait leur admission dans notre hôpital.

Car même si nous nous bornons à considérer le nombre des tables à jeu et des tripots, tant publics que privés, qui fourmillent dans le Royaume, et la foule de leurs habitués (plus celle des habitués de Westminster Hall) : gredins tendus vers l'espoir du gain ou sots qui ont de l'argent à perdre, nous comprendrons vite combien il serait nécessaire de limiter le nombre des incurables admis à figurer sous ces deux titres, pour éviter que la fondation ne se révèle incapable de recevoir d'autres catégories de pensionnaires.

Cependant, si d'après mes calculs la Nation peut être soulagée de vingt ou trente pour cent de ces deux sortes d'incurables, l'opération serait, je crois, payante et mériterait d'être prise en considération.

La catégorie suivante, dont je serais heureux de m'occuper, et qui depuis plusieurs générations s'est révélée comme un fléau et une affliction insupportables pour le pauvre peuple d'Angleterre, est constituée par ce qu'on peut appeler les mégères incurables.

Je reconnais qu'il s'agit là d'un mal de caractère si atroce que l'on rencontre peu de femmes disposées à s'en reconnaître frappées d'une manière ou d'une autre et l'on peut pourtant constater qu'il n'y a pour ainsi dire aucun pasteur, apprenti, magistrat, hobereau, ou mari qui ne soient prêts à jurer solennellement le contraire.

Je trouve pourtant souhaitable que le mot mégère soit remplacé par un terme plus aimable, ayant le même sens, car, j'en suis convaincu, le nom du mal lui-même est aussi blessant pour les oreilles féminines, que les effets en sont catastrophiques pour les oreilles masculines, c'est-à-dire à un degré inexprimable. D'ailleurs, c'est une coutume très répandue, et chacun peut l'observer facilement, que d'honorer des actions exactement semblables de différentes appellations, avec la seule préoccupation d'éviter d'être désagréable aux gens. Par exemple : combien d'hommes de loi, d'avocats, d'avoués, de sous-shérifs, de chambrières intrigantes, de procureurs, se rendent continuellement coupables d'extorsions, d'escroqueries, d'oppressions, et de nombreuses autres canailleries de grand profit, pour drainer la bourse de ceux avec qui ils sont en rapport d'une manière ou d'une autre ? Et pourtant ces différents expédients pour faire fortune prennent généralement les noms les plus rassurants d'honoraires, revenants-bons, indemnités, présents, gratuités, et ainsi de suite, bien qu'à proprement parler, ils puissent tous être qualifiés de vols, et par conséquent, sanctionnés par la pendaison.

Bien plus, combien peut-on citer d'honorables messieurs, qui tiennent boutique ouverte et font de l'Injustice un commerce régulier, qui apprennent à la loi à fermer les yeux chaque fois que le pouvoir ou le profit se trouvent sur son chemin, et qui cherchent à utiliser pour s'enrichir le vice, l'agressivité et la sottise des hommes. Ces hommes pourtant, au lieu d'être marqués comme au fer rouge des noms les plus infamants de gredins, de maraudeurs, d'oppresseurs du peuple (comme ils le méritent en toute justice), ne se distinguent que par le titre de juge de paix, terme qui implique, dans l'opinion, toutes les appellations que nous venons de citer.

Mais poursuivons. Quand je pris la décision de mettre au net ce plan pour le présenter à l'examen attentif du public, l'idée me vint d'examiner un quartier entier de notre ville, pour pouvoir donner un chiffre de mégères incurables qui fût plus parfait et plus exact. Mais il m'a été impossible de pousser mes recherches au-delà d'une seule rue.

Le premier cas que j'examinai fut celui d'un opulent citoyen de Cornhill, conseiller municipal de son quartier. Je lui laissai entendre que si, par hasard, il connaissait dans le voisinage une mégère incurable, j'avais quelque espoir de pouvoir prendre à son sujet des mesures qui l'empêcheraient à l'avenir d'être un sujet de troubles. Il fut donc tout heureux de pouvoir me diriger sur la maison de son plus proche voisin, non sans me dire à l'oreille qu'il aurait encore plus de plaisir à me fournir quelqu'un de sa propre famille, et me supplia de l'inscrire en priorité.

Son ami de la porte à côté reconnut, sans difficultés, que la description de sa femme n'était en rien inexacte, et se déclarait prêt à appuyer de toutes ses forces un projet si utile, mais il m'assura formellement qu'il serait de peu de profit de débarrasser le voisinage d'une seule femme, alors qu'il en resterait des multitudes tout aussi insupportables.

Ces données me permirent de conclure que la

quantité de ces incurables, à Londres, Westminster et Southwark, doit être considérable et qu'un hôpital du genre de celui que je préconise pourrait raisonnablement compter sur une généreuse aide matérielle.

En outre, le nombre de ces incurables du sexe féminin s'accroîtrait probablement beaucoup si l'on y incluait une quantité additionnelle de vieilles filles, qui, épuisées d'avoir eu à cacher leur mauvais caractère pendant une moitié de leur vie, sont impatientes de pouvoir lui donner libre cours pendant l'autre moitié. Car les vieilles filles sont comme certains vins vieux qui manquent de corps et qui, au lieu de se bonifier en prenant des années, se font pour la plupart, on s'en aperçoit bien, si intolérablement âpres et aigres, qu'ils sont à mettre au rebut.

Sous cette dénomination, nous pouvons nous attendre à recevoir une vaste collection de vieux célibataires, et spécialement de ceux qui ont du bien, mais dont l'entendement est d'un niveau moyen. Car un riche vieux garçon, du fait qu'il est toujours entouré d'un essaim de flatteurs, de cousins, de parents pauvres et d'héritiers possibles, qui par intérêt se soumettent à ses fantaisies perverses et à ses caprices, est gagné peu à peu par cette maladie des femmes acariâtres, qui généralement s'avère incurable et le rend aussi désagréable à ses amis que propre à être tourné en ridicule par ses ennemis.

Quant aux scribouillards incurables (groupe auquel j'ai l'honneur d'appartenir) ils sont probablement innombrables, et par conséquent, il sera absolument impossible d'aider à vivre plus du dixième de leurs effectifs. Pourtant, comme cette catégorie d'incurables est, généralement, plus que toute autre exposée à la pauvreté, ce sera une double charité que d'en admettre dans notre fondation : charité envers eux-mêmes, puisqu'on les mettra à l'abri du besoin, du mépris, des coups de pied aux fesses et autres accidents de même nature auxquels ils sont continuellement soumis ; charité envers le monde, pour lequel ils sont un fléau et une calamité.

Grubstreet même aurait alors des raisons de se réjouir, voyant un tel nombre de ses manœuvres faméliques nantis du nécessaire, et toute la horde des incurables efflanqués se mettraient probablement à hurler de joie, se trouvant délivrée de la tyrannie des imprimeurs, éditeurs et libraires, et arrachés à leurs soupentes.

Quelle foule bigarrée d'écriveurs de ballades, faiseurs d'odes, traducteurs, compositeurs de farces, pondeurs d'opéras, biographes, pamphlétaires, journalistes, ne verrait-on pas envahir l'hôpital ? De quoi faire penser aux animaux se rendant à l'Arche avant le déluge. Et quelle satisfaction universelle ce spectacle n'apporterait-il pas à tous, excepté aux pâtissiers, épiciers, fabricants de chandelles et marchands de tabac, les seuls pour qui les écrits de ces incurables fussent de quelque utilité.

J'ai souvent été ahuri de constater combien était varié le nombre de freluquets incurables que l'on rencontrait entre St-James et Limehouse, à toute heure de la journée. Ils sont aussi nombreux que des pasteurs gallois et n'offrent pas plus d'intérêt. Ils fourmillent dans tous les cafés, les théâtres, les promenades et cercles privés. On les voit sans cesse occupés à mener des intrigues, et se livrant à toute sorte de plaisirs irrationnels, et ils semblent mettre un point d'honneur à prendre les attitudes des singes, de même que les singes s'efforcent d'imiter les gestes des hommes. Et, de ces observations, je conclus que l'internement de la plupart de ces incurables qui sont des caricatures vivantes de la nature humaine, rendrait un service éminent à la Nation, et je suis persuadé que je ne suis pas le seul de cette opinion, bien au contraire.

Quant aux incrédules, et aux menteurs incurables, je les range dans la même catégorie et je les mettrais volontiers dans la même aile de l'hôpital, car il y a beaucoup plus de ressemblance entre eux qu'on ne l'imagine d'habitude. Est-ce qu'ils ne prennent pas autant de plaisir à imposer des faussetés au peuple ? Est-ce qu'ils ne semblent pas également désireux de paraître plus sagaces et plus importants que les autres ? Est-ce que les uns et les autres ne répètent pas sciemment ce qui est faux, et n'affirment pas avec assurance les vérités qu'ils savent le plus suspectes devant l'objection ?

Le parallèle pourrait facilement être poussé encore bien plus loin, si le cadre volontairement étroit de cet essai me le permettait. Pourtant, je ne puis m'empêcher de signaler de quelle immense quantité de menteurs incurables les Royaumes de Sa Majesté se trouvent submergés, quel grave et scandaleux inconvénient cette situation est pour le peuple, quel tort inconcevable elle porte aux personnes privées et de quelle urgente nécessité serait un hôpital pouvant délivrer la Nation de la malédiction que représentent de si nombreux incurables.

Ce mal se manifeste de façons aussi diverses qu'il y a de personnes affectées par lui. Et dans chaque individu, il échappe aux vertus de tous les remèdes.

Certains mentent par intérêt, tels les poissonnières, les flatteurs, les maquereaux, les avocats, les coureurs d'aventures et les diseuses de (bonne) aventure ; d'autres mentent pour leur plaisir, telles les filles, femmes mariées, veuves et autres assidues des tables à thé.

Certains mentent par vanité, comme les poètes, les peintres, les acteurs, les damerets, les officiers et tous ceux qui fréquentent les levers des grands de ce monde. D'autres mentent par méchanceté, telles les vieilles filles, etc.

Certains mentent par habitude, tels les amoureux, les freluquets, les laquais, les marins, les artisans, les marchands, les chambrières ; d'autres mentent par complaisance ou par nécessité comme les courtisans, les chapelains, etc. Bref, on n'en finirait jamais d'énumérer tous les genres de menteurs, mais cette esquisse peut suffire à nous donner une petite et imparfaite idée de leur nombre.

Quant au reste des incurables, nous pouvons raisonnablement conclure qu'ils atteignent au moins le même chiffre que ceux que nous avons déjà mentionnés, mais en ce qui concerne les prostituées incurables du Royaume, je dois souligner le fait que celles d'entre elles qui sont publiques et qui exercent publiquement leur métier, ont déjà leurs hôpitaux particuliers pour les recevoir ; encore faudrait-il que nous ayons des magistrats sans passions et des officiers de police qui ne soient pas démangés par l'appat des pots-de-vin. Mais pour ce qui est des prostituées privées, qui font ce métier par plaisir, j'aurais mauvaise grâce à les déranger, pour deux raisons :

La première est que la mesure ferait le malheur de nombreux époux nobles, riches, satisfaits et ne se doutant de rien, en leur révélant leur déshonneur et la déloyauté de leurs femmes.

La seconde est qu'il est impossible à jamais d'empêcher une femme de faire des écarts de conduite, si elle y est bien résolue.

De l'ensemble de ces observations, tout homme raisonnable tirera infailliblement la conclusion qu'un hôpital destiné à recevoir ces différentes espèces d'incurables serait un immense bienfait pour les Royaumes de la Couronne anglaise. Je pense donc qu'il ne me reste plus qu'à démontrer au lecteur que ce plan est tout à fait réalisable, étant donné que j'ai une méthode sûre pour réunir les fonds nécessaires à la marche de l'œuvre pendant un an, ce qui est suffisant au moins pour tenter l'expérience (c'est d'ailleurs toujours ainsi que se font les fondations d'hôpitaux), et que j'ai aussi tout lieu de croire qu'un hôpital de ce genre pourra compter sur des contributions perpétuelles de bienfaiteurs, ce qui en peu d'années nous permettrait d'augmenter le nombre des incurables des neuf dixièmes par rapport aux chiffres que nous pourrions raisonnablement avancer.

COMPTE DES DÉPENSES JOURNALIÈRES ET ANNUELLES D'UN HÔPITAL POUR INCURABLES

	par jour
Sots incurables : Leur nombre est presque infini. Mais au début on n'en admettrait que vingt mille (20 000) et en comptant un shilling d'entretien par jour et par personne, ce qui est le minimum envisageable, la dépense pour cette catégorie serait de	1 000 £
Gredins incurables : Ils sont, si possible, encore plus nombreux en comptant les étrangers et spécialement les Irlandais. Mais je limiterais leur nombre à environ 30 000, ce qui fait au total	1 500 £

par jour

Mégères incurables : Elles seraient fournies, en quantité, par presque toutes les familles du Royaume. Et à vrai dire, si nous voulons que cet hôpital soit de quelque utilité, nous ne pouvons pas en admettre, même au début, moins de 30 000, en comptant dans ce chiffre les dames de Billingsgate et du Marché de Leaden Hall, soit . . . . 1 500 £

Écrivassiers incurables : Ils forment sans doute un groupe très considérable, et sous cette étiquette, j'en admettrais au moins 40 000. Car il est à croire que ce sont les incurables de ce type qui se trouvent dans les plus grandes difficultés pour gagner leur pain quotidien. Et si un grand nombre des leurs peuvent être admis à titre de sots incurables, j'insisterais pour qu'on en prenne alors 10 000 ou 20 000 de plus. Mais leur chiffre étant ainsi fixé, nous aurions donc . . . . 2 000 £

Freluquets incurables : Ils sont très nombreux, et si l'on considère en quel grand nombre on les importe chaque année de France et d'Italie, nous ne pouvons pas en admettre moins de 10 000, soit . . . . 500 £

Incrédules incurables : (C'est le nom qu'ils aiment à se donner.) Ils seront reçus à l'hôpital jusqu'à concurrence de 10 000. Cependant s'il arrivait qu'il revînt à la

par jour

mode d'être croyant, ils pourraient sortir de l'hôpital, parfaitement guéris. La dépense pour leur entretien serait de . . . . 500 £

Menteurs incurables : Ils se rencontrent en nombre infini dans toutes les régions du Royaume, et en tenant compte des veuves de bourgeois, des apprentis-merciers, des écriveurs de chroniques, des vieilles filles et des flatteurs, nous ne pouvons pas admettre un chiffre inférieur à 30 000, ce qui donne . . . . 1 500 £

Envieux incurables : Il y en a de grosses quantités à travers toute la Nation. Et on ne peut espérer raisonnablement que leur nombre diminue, tant que la gloire et les honneurs s'accumuleront sur certains personnages, comme récompense officielle de leurs éminents mérites, alors que d'autres, qui sont tout aussi remarquables, selon leur propre opinion, sont obligés de vivre ignorés et méprisés. Et comme il serait impossible de faire vivre tous ceux qui sont affectés de ce mal, je consentirais à n'en admettre que 20 000 pour commencer, à titre d'expérience, ce qui ferait . . . . 1 000 £

Vaniteux, poseurs et insolents incurables : J'en admettrais au moins 10 000, chiffre qui, j'en suis sûr, paraîtra très modeste, si nous y incluons les femmes de tout rang

	par jour
social, de la duchesse à la chambrière, tous les poètes qui ont eu peu de succès, spécialement dans le genre dramatique, et tous les acteurs qui ont rencontré quelques traces d'approbation, ce qui fait, sans plus	500 £

Ce recensement fait apparaître qu'il faudra assurer la subsistance de deux cent mille personnes et les frais occasionnés par l'entretien de cette quantité d'incurables peuvent être calculés de la façon suivante :

Pour les incurables	sots	soit	20 000	à raison de 1 shilling par jour	1 000 £
	gredins		30 000	. . . . .	1 500
	mégères		30 000	. . . . .	1 500
	écrivailleurs		40 000	. . . . .	2 000
	freluquets		10 000	. . . . .	500
	incrédules		10 000	. . . . .	500
	menteurs		30 000	. . . . .	1 500
	envieux		20 000	. . . . .	1 000
	vaniteux		10 000	. . . . .	500
Total des pensionnaires :			200 000	Total des dépenses par jour	10 000 £

Du chiffre atteint par les dépenses quotidiennes il ressort que la somme totale à dépenser en trois cent soixante-cinq jours sera de . . . . 3 650 000 £

Je suis persuadé qu'une somme encore plus considérable peut être trouvée, à la grande satisfaction du public, et sans empiéter en quoi que ce soit sur les revenus de la Couronne.

En premier lieu, une grande partie de cette somme pourrait être fournie par une contribution volontaire des citoyens.

On calcule que la Grande-Bretagne compte, à très peu de chose près, huit millions d'habitants, sur lesquels nous pouvons admettre, d'après les toutes dernières évaluations, qu'il y a la moitié d'incurables. Or, comme ces incurables de divers types, qu'ils agissent en qualité d'amis, connaissances, épouses, maris, filles, conseillers, parents, vieilles filles et vieux garçons, sont cause de tourments incroyables pour tous ceux avec qui ils se trouvent en rapport ; comme, d'autre part, ceux-ci n'ont aucun espoir d'être délivrés de leurs tortionnaires, si ce n'est grâce à un hôpital du type proposé, qui serait agrandi progressivement jusqu'à pouvoir les contenir tous ; il est hors de doute, à mon avis, qu'au moins trois millions et demi d'individus, sur le nombre de ceux qui restent, s'avéreront à la fois capables et désireux de contribuer, pour la somme tellement modique de vingt shillings par an, au rétablissement de la concorde dans le Royaume, de la paix dans le sein des familles, et du prestige de la Nation en général. Et cette contribution fournirait, à très peu de chose près, la somme que nous estimons nécessaire.

Et il ne faut surtout pas penser que mes supputations ne sont que des vues de l'esprit, car existe-t-il sur terre un seul homme sensé, honnête et de bon naturel, qui ne serait pas heureux de verser une somme même nettement supérieure pour être délivré d'une mégère, d'un gredin, d'un sot, d'un menteur, d'un freluquet qui vous répète avec suffisance les sottises d'autrui, ou d'un poète vaniteux et insolent qui vous répète les siennes propres ?

D'ailleurs, on peut légitimement supposer que de nombreux jeunes aristocrates, chevaliers, squires et autres héritiers prodigues, tous possédant de grands biens, seront internés dans notre hôpital. Je proposerais donc que les revenus annuels de toutes les terres appartenant à un incurable soient affectés aux besoins de la maison. Et en outre, il y aura certainement parmi les vieux avaricieux des magistrats municipaux, des juges, des directeurs de compagnie, des gens de la basoche, et des marchands de toutes sortes, dont les fortunes personnelles sont immenses et qui pourraient verser des sommes proportionnelles à l'hôpital.

Mais, pour ne pas donner l'impression tout à fait injustifiée que je propose un plan malhonnête et inique, je vais expliciter mes intentions : supposons, par exemple, qu'un jeune aristocrate ayant dix ou vingt mille livres de revenus annuels se trouve devoir être interné comme incurable ; je propose qu'on ne consacre à l'entretien de l'hôpital que la part de ses biens qu'il aurait dépensée s'il avait été en liberté. Et, après sa mort, ceux-ci reviendraient en toute propriété à leur héritier légitime homme ou femme.

Or, ce projet repose sur les motifs suivants : des sommes très importantes qui auraient probablement filé, servant à payer des meutes de chasse, des chevaux, des faucons, des catins, des aigrefins, des médecins, des tailleurs, des souteneurs, des bals masqués et des architectes, si on les avait laissées entre les mains de cette sorte d'incurables, pourraient, grâce à de telles mesures, être de réelle utilité à la fois pour le public et pour eux-mêmes. Et peut-être ce serait là l'unique manière efficace de faire que ces jeunes paniers percés fussent de quelque utilité pour leur pays.

Et même s'il était permis que les biens des incurables décédés revinssent aux héritiers les plus proches, l'hôpital ne s'en trouverait pas lésé de façon grave, car il est à supposer que la plupart des héritiers devront l'un après l'autre être internés sous une dénomination ou sous une autre et que, par conséquent, leurs biens seront de nouveau employés au service de l'hôpital.

Quant aux avaricieux, et autres riches grippe-sous, je propose que l'on étudie et que l'on évalue de très près le montant de leur fortune, car, s'ils sont vieux garçons (ce qui est fréquemment le cas), leurs biens tout entiers peuvent être versés au capital de l'œuvre, mais s'ils sont mariés, je propose qu'on laisse les deux tiers de leur fortune à leurs proches, lesquels seraient très heureux de sacrifier le troisième tiers, sinon plus, pour être débarrassés d'un chef de famille si maussade et si désagréable.

De sorte que, si l'on déduit des deux cent mille incurables les quarante mille gens de lettres, qui, j'en suis sûr, seront dans une situation très critique quand on les ramassera, je crois que parmi les cent soixante mille sots, canailles et freluquets, on pourra en trouver un nombre suffisant qui disposent de biens assez importants et de revenus assez considérables pour qu'on en tire au bas mot deux cent mille livres par an.

Pour augmenter le capital de la fondation, je propose qu'on établisse une taxe sur toutes les inscriptions des pierres tombales, monuments et obélisques élevés à la mémoire des morts, ou sur les portiques et trophées élevés à la gloire des vivants, car tout cela peut naturellement figurer sous les dénominations de mensonges, orgueil, vanité, etc.

Et si l'on se livrait, à travers le Royaume, à un examen impartial de toutes ces inscriptions, en vue de taxer celles dont on aurait établi qu'elles sont fausses ou flatteuses, je suis convaincu qu'à peine le cinquième d'entre elles pourraient, après une telle inspection, s'en tirer sans être imposées.

Maint esprit turbulent et ambitieux pourrait y figurer, honoré bien injustement du titre usurpé de patriote, et maint juge de paix du Middlesex y sera décrit comme dormant dans l'espérance du Salut.

Maint usurier, affublé des appellations d'honnête et de frugal, maint homme de loi dépeint comme consciencieux et comme équitable.

Maint homme d'État ou général britannique, comblés de plus d'honneurs, une fois morts que lorsqu'ils étaient en vie, et leurs cendres jouissant d'une meilleure réputation que lorsqu'elles étaient animées.

Maint homme d'Église borné, improprement appelé éloquent, et tout autant de médecins stupides improprement appelés savants.

Mais malgré les possibilités d'extension d'une taxe semblable sur les inscriptions des monuments, je me limite volontairement au chiffre de vingt mille, à cinq livres par an chacune, ce qui fait chaque année un total de cent mille livres.

Outre ces rentrées annuelles, je présenterais une requête au Parlement de la Nation, pour qu'il autorise deux loteries par an, dont les bénéfices seraient pour l'hôpital, qui gagnerait ainsi deux cent mille livres net. Et cette requête ne peut en aucune façon paraître anormale, puisqu'elle serait faite en faveur des sots et des gredins, ce qui est actuellement le seul motif pris en considération pour autoriser une loterie.

En dernier lieu, j'ajouterais les biens de Mr. Richard Norton[1], et pour rendre à sa mémoire tout l'honneur possible, je lui ferais ériger une sta-

1. Gentilhomme anglais qui possédait une grosse fortune et légua celle-ci aux pauvres, en nommant le Parlement de Grande-Bretagne son exécuteur testamentaire.

tue dans la cour d'honneur de l'hôpital ou en tout autre lieu qui semblerait mieux convenir. Et, sur ce monument, j'autoriserais que l'on plaçât une longue inscription, composée par ses plus chers amis et qui demeurerait exempte de taxes à perpétuité.

Des paragraphes précédents, il résulte que l'on peut compter chaque année sur les sommes suivantes :

	par an
Produit des contributions volontaires	3 500 000 £
Revenus des incurables	200 000
Produit de la taxe sur les pierres tombales, monuments etc. (celui de Mr. Richard Norton excepté)	100 000
Bénéfices des deux loteries annuelles . .	200 000
Revenus des biens de Mr. Richard Norton	6 000
Total :	4 006 000 £
La somme nécessaire pour l'hôpital étant de	3 650 000 £
Il restera chaque année comme surplus net	356 000 £

Cette somme de trois cent cinquante-six mille livres pourrait être consacrée à la construction de bâtiments, et servir de réserve en cas de dépenses exceptionnelles, selon ce qui paraîtra le plus conforme aux plans d'avenir de l'hôpital. De toute façon la gestion des fonds serait confiée à la sagesse et à l'habileté de l'équipe de directeurs.

Il y aurait peut-être certaines difficultés à trouver un emplacement convenable et de dimensions suffisantes pour une construction de cette nature. Je serais tenté d'y consacrer toute la surface du Yorkshire, si je n'avais à craindre que ce comté ne fût tellement encombré déjà de la foule des gredins incurables, nés sur son propre sol, qu'il ne pût en aucune manière servir à en loger d'autres. Cet inconvénient fait que tout notre projet prendra peut-être du retard.

Ayant ainsi fait sur la question autant de lumière que je le pouvais, pour que chacun puisse juger de l'opportunité et du caractère réalisable de mes plans, je vais ajouter juste un petit nombre de remarques qui sont, à mon avis, de quelque utilité.

Je pense que le Premier ministre qui serait en fonctions à ce moment-là devrait agir généreusement en faveur de cette fondation, car sa haute situation et ses mérites ne peuvent que faire naître chez une foule de gens l'envie, la haine, le goût de la calomnie et nombre de désordres du même genre, ce qui aurait pour conséquence de procurer chaque année beaucoup de pensionnaires incurables à l'hôpital.

Je souhaiterais que les directeurs chargés d'administrer l'hôpital aient (si du moins la chose est possible) quelque apparence d'esprit religieux et de foi en Dieu, car ceux qui seraient admis au titre d'incrédules, athées, déistes ou libres penseurs incurables et qui, en majorité, sont plutôt atteints de vanité, de suffisance et d'affectation, pourraient peut-être se transformer peu à peu en croyants, s'ils s'apercevaient que la chose est à la mode à l'endroit où ils vivent.

Bien qu'il ne soit pas normal que les naturels de l'Irlande puissent profiter d'un avantage quelconque dans le Royaume d'Angleterre, j'aimerais que sur le point qui nous intéresse, on fît abstraction complètement du préjugé national, et je demande que pour la bonne renommée des deux Royaumes une grande section de l'hôpital soit réservée spécialement aux Irlandais qui semblent remplir les conditions pour être admis, à titre de canailles, de débauchés ou d'aventuriers, car leur nombre doit certainement être considérable.

Je requerrais également que tout père paraissant enchanté de voir que son fils s'est métamorphosé en petit-maître ou en freluquet, pour avoir fait le voyage de Londres à Paris, fût lui-même envoyé à l'hôpital, en même temps que son fils, à titre de vieil idiot absolument incurable.

Si un poète a eu de la chance pour une de ses productions et spécialement si une de ses œuvres dramatiques a reçu du public un accueil passable, il devra probablement être vite dirigé sur l'hôpital, car la vanité incurable est toujours la conséquence d'un petit succès. Et si ses œuvres sont mal reçues, qu'on l'accepte à titre d'écrivailleur.

J'espère qu'eu égard à tout le mal que je me suis donné pour mettre au point ce projet, je pourrai être admis dès la fondation à titre d'incurable de la littérature. Mais je me permets de réclamer une deuxième faveur : c'est qu'on ne m'oblige pas à partager mon logement avec un poète qui ait consacré son génie à des œuvres dramatiques, car il me tuerait à force de répéter les vers de sa composition, et je n'ai pas besoin de rappeler combien il nous est pénible d'entendre débiter des sottises quand elles ne sont pas de nous.

La raison personnelle que j'ai de solliciter tellement à l'avance mon admission, est que je connais le sort qui attend les faiseurs de projets et les planificateurs. L'on sait qu'ils sont généralement réduits à la mendicité. Mais grâce à moi qui ai eu l'idée de cet hôpital ouvert aux sots et aux plumitifs incurables, je pense que cette décourageante constatation ne pourra plus désormais être faite et que mes frères seront ainsi assurés d'une récompense publique de leurs travaux.

C'est pour moi un grand sujet de consolation, je le reconnais, de penser que malgré les milliers de portraits que j'ai faits dans ce court traité, en décrivant les nombreuses espèces d'incurables, il est probable que personne absolument ne va se sentir offensé, car il nous est naturel de ne reconnaître que les autres dans un portrait ridicule, et jamais nous-mêmes. Et je me permettrais d'affirmer que les plus incurables des sots, des gredins, des acariâtres, des plumitifs, et des menteurs de la

Nation tout entière seront prêts à citer le nom de chacune de leurs connaissances l'une après l'autre comme celui d'une victime de ces désordres, avant d'imaginer leur propre personne admise à entrer dans mon hôpital.

J'ai le ferme espoir que notre sage législature prendra sérieusement mon projet en considération, et favorisera la constitution d'un fonds de bienfaisance, qui doit rendre de si éminents services à une multitude de sujets de Sa Majesté, actuellement perdus pour la Nation, et qui peut-être aussi sera utile aux députés eux-mêmes et à leur postérité.

Écrit dans ma mansarde à Moor Fields
10 août 1733.

Projet de distribution

d'insignes distinctifs aux mendiants de différentes paroisses de Dublin

La question de notre asile pour indigents a toujours été un sujet de plaintes générales, spécialement depuis que l'institution a été réorganisée par un acte du Parlement, mesure qui n'a d'ailleurs apporté aucun avantage à notre municipalité en faveur de qui elle avait été prise. J'ai eu l'honneur, pendant des années, d'être un des membres de l'œuvre, avant que celle-ci ne fût remodelée par le pouvoir législatif, non pas certes à cause de mes mérites personnels, mais simplement parce que j'étais un des deux doyens qui se trouvaient faire partie d'office de la plupart des commissions municipales. J'ai eu de même l'honneur d'être éjecté, pour des raisons politiques, de plusieurs commissions, dont mes prédécesseurs avaient toujours été membres, de temps immémorial.

La première commission se composait d'une cinquantaine de personnes qui étaient le Lord-Maire, les édiles, les shérifs, plus quelques autres citoyens tels que les deux archevêques, les deux doyens de la Cité et deux ou trois gentilshommes.

Et je dois avouer qu'à mon avis, c'est surtout à cause de la suppression du vieux comité et de l'installation d'une nouvelle commission comprenant trois fois plus de membres, que cette œuvre si bien intentionnée est devenue, non seulement inutile, mais même préjudiciable à la cité, au lieu de lui rendre service. De la commission actuelle tout le clergé de la Cité fait partie, ainsi qu'un grand nombre de hobereaux, non seulement ceux qui résident à Dublin et aux environs, mais plusieurs autres qui vivent à de grandes distances, et ne peuvent évidemment prendre un intérêt quelconque au bien de la municipalité.

Au cours des quelques réunions générales auxquelles j'ai assisté depuis la réorganisation, j'ai remarqué qu'on y faisait très peu de travail, à part deux ou trois actes de justice très raide, dont on aurait, je crois, fort bien pu se passer. Mais j'ai trouvé le plus souvent l'assemblée des membres se perdant dans de petites querelles à propos des cochers, ou ajustant des comptes de repas et de petite bière, toutes choses, au demeurant, fort utiles, mais qui auraient quelquefois pu laisser la place à des affaires de plus grosse importance ; par exemple certains plans à proposer au bureau pour rester en accord avec les intentions qui ont présidé à la fondation et à l'établissement de cet asile, et qui l'ont fait pourvoir de revenus si importants. Or j'estime que si la municipalité a été amenée à prendre en charge ses indigents et ses orphelins, c'est d'abord que les paroisses n'en étaient pas capables, ensuite qu'il fallait dégager les rues de tous les oisifs, vagabonds, mendiants professionnels, mais bien bâtis, dont la ville de Dublin, à l'étonnement et au mécontentement de tous, se trouve être plus infestée depuis la fondation de l'hospice qu'à n'importe quelle époque avant l'érection de cet établissement. Étant donné que les fonds qui faisaient vivre cet hospice sont versés dans leur totalité par les habitants de la ville, il est difficile d'imaginer une chose plus absurde que notre façon de les gaspiller à faire vivre des mendiants, des bâtards et des orphelins qui viennent du dehors, et pour l'entretien desquels les propriétaires terriens de leurs comtés ne versent pas un shilling. Je suis prêt à parier que la moitié du budget actuel, si elle était employée raisonnablement, suffirait à faire vivre les indigents dont il appartient réellement à notre ville de s'occuper, mis à part un certain nombre de pauvres originaires de paroisses déterminées et dont les paroissiens pourraient sans une charge écrasante assurer la subsistance. Je me suis, pendant des années, efforcé d'obtenir de plusieurs Lords-Maires et de feu l'archevêque de Dublin, qu'ils prissent des mesures contre ce fléau des mendiants étrangers à la ville et tous me parurent prêts à approuver une proposition très simple, celle de donner des insignes distinctifs aux pauvres originaires des différentes paroisses qui mendient dans les rues, pour les obliger à se confiner au seul territoire de leur paroisse. Ils auraient leurs insignes bien cousus sur l'épaule, toujours visibles, sous peine d'être fouettés et chassés de la ville, ou de tout autre châtiment qui serait pratique et efficace. Mais les mauvaises dispositions d'esprit d'une partie du clergé et l'indifférence des autres ont fait que ma méthode n'a jamais pu être mise en pratique, ce qui leur a valu de continuels ennuis. Ils les ont certes bien mérités, et si ces inconvénients n'étaient que pour eux, cela n'aurait guère d'importance, car le remède resterait à portée de leurs mains. Mais tous les passants, tous les boutiquiers supportent une part égale de ce désagrément de tous les instants.

Je n'ai jamais entendu qu'une seule objection contre mon projet de mettre un insigne distinctif aux pauvres et de confier leurs allées et venues à une seule paroisse : « Que ferons-nous de mendiants étrangers à la ville ? Devons-nous les laisser mourir de faim ? » Ma réponse est non ; mais il faut les chasser à coups de fouet hors de la ville et que la paroisse rurale voisine fasse comme bon lui semblera, ou bien, selon la façon de procéder en Angleterre, qu'on les renvoie d'un territoire à l'autre, jusqu'à ce qu'ils soient rentrés chez eux. D'après les lois anciennes de l'Angleterre, qui sont toujours en vigueur — et qui sont, je pense, les mêmes en Irlande — chaque paroisse a l'obligation de faire vivre ses propres indigents, et il n'est pas tellement important au fond, quoi que certains en pensent, de savoir si elle est riche ou pauvre. Même dans celles qui sont les plus reculées et les plus démunies du Royaume, les produits pour l'entretien des indigents sont relativement bon marché : j'entends le petit-lait, la bouillie d'avoine, les pommes de terre ou autres légumes. Et tout fermier ou journalier qui n'est pas lui-même un mendiant peut, de temps en temps, mettre de côté un bol de soupe ou un quignon de pain, qui ne lui coûterait pas un quart de *farthing*, pour un paroissien du voisinage, sans ressources et incapable de travailler. Un mendiant né dans la paroisse est connu du châtelain local, du clergyman anglican, du prêtre papiste, des maîtres d'école et de tous les fermiers. Il a généralement des parents qui arrivent à subsister et qui peuvent contribuer un peu à le maintenir. Or il ne peut raisonnablement compter sur aucun de ces avantages s'il se rend dans un lieu où personne ne le connaît. À moins qu'il ne soit complètement infirme, avec l'aide de sa souillon de femme et de leur portée de marmots (s'ils en ont), il peut gagner la moitié de ce qui lui est nécessaire en faisant un genre quelconque de travail, et il se rendra ainsi moins lourd à supporter pour la société.

Bref, tous les biens nécessaires à la vie sont produits par les campagnes et non par les villes, et sont meilleur marché à l'endroit où ils sont produits. Et il n'est pas juste que les mendiants nous obligent à payer à la fois pour leur nourriture et pour le transport de celle-ci.

Mais quand le goût de la bougeotte les prend, eux, leurs femmes et leur volée d'enfants, ils deviennent un fléau pour tout le pays ; les parents se font voleurs et ils enseignent le vol comme métier à leurs héritiers dès qu'ils atteignent l'âge de quatre ans, de sorte que si leurs infirmités sont simulées, il est dangereux pour une personne isolée et sans armes de les rencontrer sur les routes. Ils errent d'une ville à l'autre, mais sans jamais perdre l'espoir d'aboutir à la capitale, et ils y arrivent finalement pour jouir de tous les privilèges des mendiants dublinois.

Je ne trouve pas tellement étonnant que les châtelains de province nous envoient avec plaisir leur excès de population ; ce que je ne puis imaginer, c'est pourquoi notre ville se plaît à le recevoir.

Si la ville était obligée par sa charte municipale d'entretenir un millier de mendiants, elle réaliserait quatre-vingts pour cent d'économies, en les faisant vivre à quatre-vingts milles de ses murs plutôt que de les y garder ou de les recevoir dans l'un quelconque de ses faubourgs.

Il n'y a pas un seul village du Connaught qui pâtisse dans la même proportion que la capitale de la misère chaque jour plus noire qui s'abat sur l'Irlande. Mais notre ville n'aurait pas de motif particulier de se plaindre de cette misère, s'il n'y avait le flot incessant des mendiants étrangers, que l'on pourrait du reste éliminer en un mois sans trop de frais ni de tracas.

Je suis moi-même en relations suivies avec un grand nombre de mendiants des rues, et j'ai pu constater que quelques faibles tentatives ont été faites dans une ou deux paroisses pour promouvoir l'usage des signes distinctifs. D'ailleurs la première question que je pose à quelqu'un qui me demande l'aumône, c'est : « Où est votre insigne ? » Au cours de ces dernières années, j'en ai rencontré près d'une douzaine qui étaient prêts à me le montrer, en le tirant soit de leur poche, soit de dessous leur veste. Mais deux ou trois le portaient sur l'épaule, en le couvrant cependant d'une sorte de cape qu'ils pouvaient soulever ou rabattre. Ils sont trop paresseux pour travailler ; ils ne connaissent ni la peur de voler ni la honte de mendier ; mais ils sont trop orgueilleux pour supporter d'être vus avec une marque signalétique, comme ils ont été nombreux à me l'avouer, et plus d'une fois en termes fort injurieux, surtout les femmes. Ils considèrent tous une telle obligation comme une injure mortelle faite à leur corporation. J'en appelle à tous les gens sans parti pris : est-ce que de pareils scélérats méritent d'être secourus ? Quant à moi, je dois avouer que cette absurde insolence m'a tellement affecté que, pendant plusieurs années, je n'ai pas donné un seul *farthing* à un mendiant des rues, et je n'ai pas l'intention de le faire tant que je ne verrai pas les choses mieux agencées. Et je me suis efforcé de convaincre tous mes confrères piétons de suivre mon exemple, ce que m'ont promis de faire la plupart d'entre eux. Car si la mendicité n'est pas capable de chasser dehors l'orgueil, elle n'est pas digne de charité. Seulement, il y a des gens qui voyagent en coche ou en chaise et qui, se trouvant presque entièrement à l'abri du harcèlement que nous avons à subir, sont tout disposés à nous le laisser supporter dans sa totalité.

À dire vrai, il n'y a pas dans toute l'espèce humaine de race plus vicieuse et moins digne d'intérêt que cette masse de gens réduits à la mendicité, même dans notre pays riche en mendiants. Car étant donné que nos misères publiques sont dues en grande partie, originellement, à nos fautes personnelles (mais l'expérience m'a appris à être très prudent dans mes façons de dénoncer ces fautes), je suis sûr que, de la même façon, dans le menu peuple, dix-neuf sur vingt de ceux qui sont réduits à mourir de faim ne sont pas tombés si bas à cause de ce que les juristes appellent la volonté de Dieu, c'est-à-dire une disgrâce arrivée à leur corps ou dans leurs biens, mais bien plutôt à cause de leur propre paresse, jointe à toutes sortes de vices, tels que l'ivrognerie, le goût de la rapine et celui de la fraude.

Quiconque s'informe, comme je l'ai fait moimême souvent, auprès de ceux qui me demandent l'aumône, de la façon dont vivaient jadis ces mendiants, constate qu'il s'agit surtout d'anciens domestiques de bonnes maisons, de commerçants en faillite, de valets de ferme, de journaliers et de ce qu'on appelle des paysans ruinés. Ils ont (pour reprendre leur expression) connu toutes les calamités, ce qui ne peut s'expliquer que par leur paresse ou leurs vices.

De sorte que notre pays est le seul où la

maxime : « Il n'est de richesse que d'hommes » soit fausse. Et la bénédiction divine : « Croissez et multipliez » s'est transformée chez nous en malédiction. Bien que le mariage ait toujours été encouragé dans les pays libres, nous serions sûrement moins malheureux si nous le découragions chez nous, dans la mesure où ce serait compatible avec la religion chrétienne. On connaît peu de cas en Angleterre de valets de ferme, de petits artisans, de domestiques ou de journaliers qui songent à se marier avant d'avoir réuni quelques économies leur permettant de se lancer dans la vie, ou qui prennent une femme n'ayant pas quelques biens. Il est rare aussi qu'ils n'ajoutent pas, chaque année, quelques sous à leur pécule, dans l'intention d'assurer l'avenir de leurs enfants. Mais, en Irlande, c'est exactement l'inverse qui se produit. On y voit chaque année se former des couples dont les deux fortunes réunies, compte non tenu des hardes qu'ils ont sur le dos, ne leur fourniraient pas de quoi s'acheter une pinte de petit-lait pour leur repas de noces, et qui n'ont pas la moindre idée de la façon dont ils vont soutenir leur honorable état, sinon en se plaçant comme domestiques et valets de ferme, ou en volant. Bien plus, leur « bonheur » est souvent retardé jusqu'à ce qu'ils trouvent à emprunter, ou qu'ils arrivent à voler, le shilling nécessaire à payer le prêtre papiste, ou bien ils forment un faux ménage de mendiants. On n'a pas besoin d'une dose miraculeuse de sagesse pour trouver un remède à ce mal néfaste, ou du moins pour empêcher qu'il ait des conséquences irréparables pour notre malheureuse Cité qui est menacée d'ici quelques années de devenir en grande partie déserte et de tomber en ruine.

Dans toutes les autres Nations — qui n'en sont pas restées au stade de la barbarie — les parents se considèrent comme obligés par les lois de la nature comme par celles de la raison, de faire quelques réserves destinées à leurs enfants, mais la vraie raison qui pousse les habitants d'Irlande à se marier est qu'ils pourront avoir des enfants qui les feront vivre quand ils seront devenus vieux et incapables de travailler.

J'ai appris que depuis quelque temps nous avons contracté vis-à-vis de l'Angleterre de très grandes obligations dans une branche du commerce. Car il apparaît que les Anglais ont fait preuve d'assez de générosité pour nous envoyer constamment de nouvelles colonies de mendiants, en échange du million de livres en espèces qu'ils retirent chaque année de notre pays. Pour n'offenser personne, je dirais que je prends l'expression de « mendiant anglais » dans son sens littéral, tel que l'emploient généralement les protestants. Il semble que les juges de paix et les administrateurs paroissiaux de la côte ouest de l'Angleterre se soient pendant un bon moment consacrés à l'exportation vers l'Irlande des mendiants qu'ils ont en surnombre, dans l'intention d'augmenter chez nous la colonie anglaise et protestante. Et ils ont la bonté de nous les envoyer gratuitement et en port payé. J'ai eu l'honneur d'assister plus d'une fois au débarquement sur les quais de Dublin de vastes cargaisons de ces hommes venus du Chester. J'avais alors la naïveté d'exprimer là-dessus mon opinion : notre ville devait les recevoir dans une maison d'arrêt et après un mois de séjour, pendant lequel on les aurait fouettés deux fois par jour, nourris au son et à l'eau et mis aux travaux forcés, on les aurait honnêtement renvoyés avec nos remerciements aussi bon marché qu'on les avait reçus. Ou bien, si ma suggestion n'était pas retenue, je proposais, étant donné qu'un Anglais est coté douze fois plus cher, en valeur intrinsèque, qu'un naturel de l'Irlande, d'expédier équitablement pour chaque mendiant qui nous arrivait d'Angleterre une douzaine de mendiants irlandais. Mais de ne pas demeurer en reste.

Quant aux pauvres natifs de notre Cité, il n'y aurait guère ou point du tout d'inconvénients à les confiner dans les différentes paroisses. Par exemple : un mendiant de la paroisse de St-Warborough[1], ou de toute autre paroisse de la ville, s'il arrive à inspirer compassion, dispose d'un nombre donné de chances de recevoir sa proportion d'aumônes de chaque main charitable. Car les habitants, quels qu'ils soient, passent par toutes les

1. Allusion aux autres « mendiants », qui sont les Anglais venant chercher des pensions et des prébendes en Irlande.

rues de la ville et donnent leurs aumônes sans tenir compte de l'endroit où ils sont, chaque fois qu'ils estiment qu'on en fera bon profit. Et ces secours joints aux aliments qu'on peut se procurer en allant de porte en porte dans les maisons patriciennes ou bourgeoises, pourront, sans représenter une charge excessive, permettre de garder ces mendiants en vie.

Il est vrai que les pauvres des paroisses suburbaines n'auraient certainement pas les mêmes avantages, car les rues qu'ils fréquentent d'habitude n'ont ni autant de boutiques ni autant de passants. Mais il convient ici d'observer que cette catégorie de mendiants a moins de titres que les autres à la charité publique, car elle comporte principalement des vagabonds venus de la campagne et constitue une partie importante de ce fléau que nous devons combattre.

J'aurais tendance à croire que rien ne peut être plus désagréable à un ministre du culte vivant en ville qu'une foule de mendiants qui n'appartiennent pas à son district, dont il n'a pas l'obligation de s'occuper, qui ne font pas partie de son troupeau, et retirent le pain de la bouche à ceux qui y ont droit en propre. Quand je parle de cet abus à l'un quelconque des prêtres d'une paroisse urbaine, celui-ci rejette la faute sur le bedeau qui, dit-il, se fait graisser la patte par les mendiants étrangers, et comme les bedeaux sont en même temps cabaretiers, ils y retrouvent leur compte avec ce genre de clientèle. On pourrait facilement remédier à ce mal si les paroisses consentaient à augmenter un tant soit peu le salaire des bedeaux et se montraient plus circonspectes dans le choix de ces employés. Mais l'idée m'est venue d'une méthode excellente que tout ministre du culte peut facilement mettre en pratique. Je veux dire de faire comprendre aux mendiants originaires de sa paroisse qu'il y va de leur propre intérêt d'expulser les intrus. Car si les clochards paroissiaux recevaient du clergé et des fonctionnaires ecclésiastiques la défense formelle de laisser les vagabonds entrer dans la paroisse, sous peine de se voir retirer la permission de demander l'aumône à la porte de l'église, ou dans les maisons ou les boutiques des habitants, ils écarteraient les mendiants marrons plus efficacement que vingt bedeaux.

Et je ne puis m'empêcher de saisir l'occasion de signaler le manque de tact des commerçants de notre ville qui laissent tous les jours des files de mendiants assiéger leurs portes (comme les grilles des grands seigneurs sont encombrées par des créanciers impertinents), au grand dégoût et à la grande irritation de nombreux clients, dont j'ai souvent observé qu'ils préféraient se rendre à d'autres boutiques plutôt que de supporter d'être harcelés ainsi, inconvénient qui pourrait facilement être évité si l'on ne permettait pas aux mendiants étrangers d'envahir notre Cité.

Je prétends, en tout cas, que les commerçants qui sont les premiers à se plaindre de ce mal (se lamentant que pour un seul client, ils soient assiégés par cinquante mendiants) ne doivent s'en prendre qu'à eux-mêmes, car un apprenti armé d'un fouet à cheval aurait tôt fait de chasser de la boutique tout mendiant qui ne serait pas de la paroisse et ne porterait pas sur son épaule l'insigne paroissial fixé bien visiblement. Et si ce traitement était appliqué sans exception dans toutes les maisons à tous les truands bien bâtis, nous verrions en quelques semaines notre ville débarrassée entièrement des professionnels de la mendicité, qui n'ont pas un titre valable à notre charité. Quant à ceux qui sont âgés ou infirmes, il suffirait de ne rien leur donner du tout, ce qui les obligerait à mourir de faim ou à suivre leurs confrères.

C'est, à l'origine, la municipalité qui dota notre hospice, et ceux qui lui ont donné ensuite de quoi vivre, comme il s'agissait généralement de Dublinois, avaient bien entendu l'intention de réserver leur générosité à l'usage des pauvres de la ville. Les revenus, qui, depuis lors, ont été alloués par le Parlement, sont entièrement payés par la Cité, sans qu'il en coûte un sou aux autres parties du Royaume. Ainsi donc, rien ne peut être plus opposé à l'intention des fondateurs que de répartir à tort ces revenus entre des mendiants vagabonds et des bâtards venus de territoires qui ne participent pas aux frais que nous avons.

Si certaines des paroisses extra-urbaines sont surchargées de pauvres, la raison en est forcément que la majorité de ces indigents sont des vagabonds venus de la province, qui se nichent là où ils peuvent trouver un logis au meilleur marché, mais qui en sortent pour infester tous les quartiers de la ville, d'où il est nécessaire qu'on les expulse, car ils sont un fléau insupportable. Leurs bandes ne sont qu'un ramassis de voleurs, d'ivrognes, de sauvages, de souteneurs, qui méritent beaucoup plus de se faire extirper de la surface de la Terre que d'être admis à lever sur la ville une énorme taxe annuelle. Car celle-ci, s'ajoutant aux misères qui nous viennent de la situation politique, devient écrasante. Ne sommes-nous pas opprimés par nos voisins, nos frères, nos compatriotes, nos coreligionnaires protestants, qui sont les sujets du même prince que nous ?

J'ai été, il y a quelque temps, nommé membre de la commission chargée de l'enquête sur l'état des biens de la Fabrique. Nous avons constaté que de grandes aumônes avaient été distribuées pendant un certain temps par une personne de haut rang, mais que les conséquences de cette charité avaient été très préjudiciables à la Fabrique. Car une fois ces distributions terminées, ceux à qui elles avaient permis de vivre continuaient à toucher autant sur le reste du fonds ; et, comme il s'agissait principalement d'une bande de vagabonds et de dévergondés, venus des quatre coins du Royaume, ils corrompaient les autres. Car telle est d'ordinaire la partialité, ou la traîtrise, ou le manque de désintéressement, ou l'ignorance, ou la naïveté de tous les quémandeurs, qu'il s'agisse d'emplois ou simplement de charité.

On dit également — et je sais que c'est une plainte générale — que si l'on a du mal à être débarrassé des mendiants, la faute en incombe aux braillards (c'est le surnom des bedeaux), qui s'y retrouvent mieux dans leurs comptes en laissant ces vagabonds se livrer à leur négoce dans tous les quartiers de la ville. Mais cet abus pourrait facilement être corrigé, dans des conditions très avantageuses par la municipalité, si l'on donnait de meilleurs salaires aux hommes chargés de cet emploi dans les différentes paroisses. Car leur intérêt serait alors d'écheniller la ville de tous ces parasites, plutôt que de s'exposer à perdre une place leur permettant de vivre décemment. Mais même si cette méthode échouait, une résolution générale de ne jamais faire l'aumône à un mendiant de la rue se trouvant hors de sa paroisse, ou ne portant pas un insigne visible, obligerait tous les vagabonds à décamper.

Il existe en effet chez les mendiants un instinct de vagabondage qui doit être découragé et sévèrement puni. Il est dû aux mêmes causes qui les ont conduits à la pauvreté, c'est-à-dire la paresse, l'ivrognerie et les mariages insensés, ne laissant pas au père la moindre chance de faire vivre une famille par un travail honnête ; c'est là, d'ailleurs, une pensée qui ne les effleure pas. On remarque, au contraire, qu'à peine un mendiant sur vingt estime qu'on lui fait une faveur quand on lui donne quelque chose à manger. On en a souvent vu, même dans une ville, jeter au ruisseau des pichets pleins d'un excellent potage qu'on leur avait donné ; ils ne s'intéressent pas davantage aux vêtements, sinon pour les revendre, car leurs haillons font partie de leurs instruments de travail. Tout ce qu'ils veulent, c'est de la bière, de l'eau-de-vie, et d'autres boissons fortes qu'ils ne peuvent se procurer sans argent, et l'argent, s'imaginent-ils, est toujours abondant dans la capitale du Royaume.

J'avais quelques autres idées à exposer là-dessus. Mais je suis par nature sujet au découragement, et comme j'ai bien assez fait l'expérience de la tendance de notre peuple à ne pas lever le petit doigt pour corriger un abus dont il souffre, je puis estimer que j'en ai déjà trop dit, et pour peu ou point de résultat, ce qui a toujours été le sort ou la fortune de l'auteur.

J. SWIFT.

22 avril 1737.

COLLECTION FOLIO 2€

Dernières parutions

4745.	Henry David Thoreau	*«Je vivais seul dans les bois»*
4746.	Michel Tournier	*L'aire du muguet* précédé de *La jeune fille et la mort*
4781.	Collectif	*Sur le zinc. Au café des écrivains*
4782.	Francis Scott Fitzgerald	*L'étrange histoire de Benjamin Button* suivi de *La lie du bonheur*
4783.	Lao She	*Le nouvel inspecteur* suivi de *Le croissant de lune*
4784.	Guy de Maupassant	*Apparition* et autres contes de l'étrange
4785.	D. A. F. de Sade	*Eugénie de Franval. Nouvelle tragique*
4786.	Patrick Amine	*Petit éloge de la colère*
4787.	Élisabeth Barillé	*Petit éloge du sensible*
4788.	Didier Daeninckx	*Petit éloge des faits divers*
4789.	Nathalie Kuperman	*Petit éloge de la haine*
4790.	Marcel Proust	*La fin de la jalousie* et autres nouvelles
4839.	Julian Barnes	*À jamais* et autres nouvelles
4840.	John Cheever	*Une Américaine instruite* précédé d'*Adieu, mon frère*
4841.	Collectif	*«Que je vous aime, que je t'aime!» Les plus belles déclarations d'amour*
4842.	André Gide	*Souvenirs de la cour d'assises*
4843.	Jean Giono	*Notes sur l'affaire Dominici* suivi d'*Essai sur le caractère des personnages*
4844.	Jean de La Fontaine	*Comment l'esprit vient aux filles* et autres contes libertins
4845.	Yukio Mishima	*Papillon* suivi de *La lionne*

4846. John Steinbeck	*Le meurtre* et autres nouvelles
4847. Anton Tchekhov	*Un royaume de femmes* suivi de *De l'amour*
4848. Voltaire	*L'Affaire du chevalier de La Barre* précédé de *L'Affaire Lally*
4875. Marie d'Agoult	*Premières années (1806-1827)*
4876. Madame de Lafayette	*Histoire de la princesse de Montpensier* et autres nouvelles
4877. Madame Riccoboni	*Histoire de M. le marquis de Cressy*
4878. Madame de Sévigné	*«Je vous écris tous les jours...» Premières lettres à sa fille*
4879. Madame de Staël	*Trois nouvelles*
4911. Karen Blixen	*Saison à Copenhague*
4912. Julio Cortázar	*La porte condamnée* et autres nouvelles fantastiques
4913. Mircea Eliade	*Incognito à Buchenwald...* précédé d'*Adieu!...*
4914. Romain Gary	*Les Trésors de la mer Rouge*
4915. Aldous Huxley	*Le jeune Archimède* précédé de *Les Claxton*
4916. Régis Jauffret	*Ce que c'est que l'amour* et autres microfictions
4917. Joseph Kessel	*Une balle perdue*
4918. Lie-tseu	*Sur le destin* et autres textes
4919. Junichirô Tanizaki	*Le pont flottant des songes*
4920. Oscar Wilde	*Le portrait de Mr. W.H.*
4953. Eva Almassy	*Petit éloge des petites filles*
4954. Franz Bartelt	*Petit éloge de la vie de tous les jours*
4955. Roger Caillois	*Noé* et autres textes
4956. Jacques Casanova	*Madame F.* suivi d'*Henriette*
4957. Henry James	*De Grey, histoire romantique*
4958. Patrick Kéchichian	*Petit éloge du catholicisme*
4959. Michel Lermontov	*La princesse Ligovskoï*
4960. Pierre Péju	*L'idiot de Shanghai* et autres nouvelles

4961. Brina Svit	*Petit éloge de la rupture*
4962. John Updike	*Publicité* et autres nouvelles
5010. Anonyme	*Le petit-fils d'Hercule. Un roman libertin*
5011. Marcel Aymé	*La bonne peinture*
5012. Mikhaïl Boulgakov	*J'ai tué* et autres récits
5013. Sir Arthur Conan Doyle	*L'interprète grec* et autres aventures de Sherlock Holmes
5014. Frank Conroy	*Le cas mystérieux de R.* et autres nouvelles
5015. Sir Arthur Conan Doyle	*Une affaire d'identité* et autres aventures de Sherlock Holmes
5016. Cesare Pavese	*Histoire secrète* et autres nouvelles
5017. Graham Swift	*Le sérail* et autres nouvelles
5018. Rabindranath Tagore	*Aux bords du Gange* et autres nouvelles
5019. Émile Zola	*Pour une nuit d'amour* suivi de *L'inondation*
5060. Anonyme	*L'œil du serpent. Contes folkloriques japonais*
5061. Federico García Lorca	*Romancero gitan* suivi de *Chant funèbre pour Ignacio Sanchez Mejias*
5062. Ray Bradbury	*Le meilleur des mondes possibles* et autres nouvelles
5063. Honoré de Balzac	*La Fausse Maîtresse*
5064. Madame Roland	*Enfance*
5065. Jean-Jacques Rousseau	*« En méditant sur les dispositions de mon âme... »* et autres rêveries, suivi de *Mon portrait*
5066. Comtesse de Ségur	*Ourson*
5067. Marguerite de Valois	*Mémoires. Extraits*
5068. Madame de Villeneuve	*La Belle et la Bête*
5069. Louise de Vilmorin	*Sainte-Unefois*
5120. Hans Christian Andersen	*La Vierge des glaces*
5121. Paul Bowles	*L'éducation de Malika*
5122. Collectif	*Au pied du sapin. Contes de Noël*

5123. Vincent Delecroix	*Petit éloge de l'ironie*
5124. Philip K. Dick	*Petit déjeuner au crépuscule* et autres nouvelles
5125. Jean-Baptiste Gendarme	*Petit éloge des voisins*
5126. Bertrand Leclair	*Petit éloge de la paternité*
5127. Alfred de Musset-George Sand	*« Ô mon George, ma belle maîtresse... » Lettres*
5128. Grégoire Polet	*Petit éloge de la gourmandise*
5129. Paul Verlaine	*L'Obsesseur* précédé d'*Histoires comme ça*
5163. Akutagawa Ryûnosuke	*La vie d'un idiot* précédé d'*Engrenage*
5164. Anonyme	*Saga d'Eiríkr le Rouge* suivi de *Saga des Groenlandais*
5165. Antoine Bello	*Go Ganymède!*
5166. Adelbert von Chamisso	*L'étrange histoire de Peter Schlemihl*
5167. Collectif	*L'art du baiser. Les plus beaux baisers de la littérature*
5168. Guy Goffette	*Les derniers planteurs de fumée*
5169. H. P. Lovecraft	*L'horreur de Dunwich*
5170. Léon Tolstoï	*Le diable*
5184. Alexandre Dumas	*La main droite du sire de Giac* et autres nouvelles
5185. Edith Wharton	*Le miroir* suivi de *Miss Mary Pask*
5231. Théophile Gautier	*La cafetière* et autres contes fantastiques
5232. Claire Messud	*Les Chasseurs*
5233. Dave Eggers	*Du haut de la montagne, une longue descente*
5234. Gustave Flaubert	*Un parfum à sentir ou Les Baladins* suivi de *Passion et vertu*
5235. Carlos Fuentes	*En bonne compagnie* suivi de *La chatte de ma mère*
5236. Ernest Hemingway	*Une drôle de traversée*
5237. Alona Kimhi	*Journal de Berlin*

5238. Lucrèce — *« L'esprit et l'âme se tiennent étroitement unis ». Livre III de « De la nature »*
5239. Kenzaburô Ôé — *Seventeen*
5240. P. G. Wodehouse — *Une partie mixte à trois* et autres nouvelles du green
5347. Honoré de Balzac — *Philosophie de la vie conjugale*
5348. Thomas De Quincey — *Le bras de la vengeance*
5349. Charles Dickens — *L'embranchement de Mugby*
5350. Épictète — *De l'attitude à prendre envers les tyrans*
5351. Marcus Malte — *Mon frère est parti ce matin...*
5352. Vladimir Nabokov — *Natacha* et autres nouvelles
5353. Arthur Conan Doyle — *Un scandale en Bohême* suivi de *Silver Blaze. Deux aventures de Sherlock Holmes*
5354. Jean Rouaud — *Préhistoires*
5355. Mario Soldati — *Le père des orphelins*
5356. Oscar Wilde — *Maximes* et autres textes
5415. Franz Bartelt — *Une sainte fille* et autres nouvelles
5416. Mikhaïl Boulgakov — *Morphine*
5417. Guillermo Cabrera Infante — *Coupable d'avoir dansé le cha-cha-cha*
5418. Collectif — *Jouons avec les mots. Jeux littéraires*
5419. Guy de Maupassant — *Contes au fil de l'eau*
5420. Thomas Hardy — *Les intrus de la Maison Haute* précédé d'un autre conte du Wessex
5421. Mohamed Kacimi — *La confession d'Abraham*
5422. Orhan Pamuk — *Mon père* et autre textes
5423. Jonathan Swift — *Modeste proposition* et autres textes
5424. Sylvain Tesson — *L'éternel retour*

Composition Nord Compo
Impression Novoprint
à Barcelone, le 6 mai 2012
Dépôt légal : mai 2012

ISBN 978-2-07-044743-5./Imprimé en Espagne.

241705